Dortmunder Buch

Die Zeche zahlen

Ein Lexikon aller unmöglichen Sicherheitsvorschriften, Werkzeuge, Arbeitsunfälle und Lebenslagen

oder: Kleines ABC für Bergleute und solche, die es nie werden wollten

Er- und bearbeitet von Dipl.-Ing. Daniela Gerlach, Bergassessor Thomas Kade, Dr. Hans-Ulrich Heuser, Obersteiger Peter Gallus, Sicherheitsbeauftragter Claudia Hummelsheim, Ersthelferin Karin Bottländer, Hauer Thorsten Trelenberg, Revier-Steiger Sascha Wundes und den Knappen und Knappinnen Reinhard Bottländer, Eva von der Dunk, Josef Krug, Udo Etterich, Patricia Malcher, Anne-Kathrin Koppetsch, Uwe Hellner, Cornelia Ertmer, Fabian Trelle, Manfred Pankratz, Josef Damberg, Helmut Martens, Bianca Lorenz, Matthias Engels, Isabelle Reiff, Ernst Schreckenberg

Warnhinweise:
Nicht lesen, wenn es brennt!
Nicht einatmen! Kann Kohlenstaub und Steine enthalten.
Gewürzt mit Zuckeraustauschstoffen und anderen Süßungsmitteln.
Die folgenden Texte enthalten Silben und Sätze physischer und psychischer Gestalt, die nicht für die Augen von Kindern und Jugendlichen geeignet sind.

Meterstab
Ich bekomme noch so einen Meterstab.
Den zweiten brauche ich nur, um den ersten zu messen,
ob der auch wirklich 1 Meter lang ist.
Karl Valentin „Mein komisches Wörterbuch“

Für die freundliche Unterstützung
dieses Projekts danken wir:

REGIONALVERBAND RUHR

LiteraturRaum
DortmundRuhr

Eine Veröffentlichung von LiteraturRaumDortmundRuhr

Die Autorinnen und Autoren und ihre Kürzel

Karin Bottländer KB
Reinhard Bottländer RB
Josef Damberg JD
Eva von der Dunk EvdD
Matthias Engels ME
Cornelia Ertmer CE
Udo Etterich UE
Peter Gallus PG
Daniela Gerlach DG
Uwe Hellner UH
Hans-Ulrich Heuser HUH
Claudia Hummelsheim CH
Thomas Kade TK
Anne-Kathrin Koppetsch AKK
Josef Krug JK
Bianca Lorenz BL
Patricia Malcher PM
Helmut Martens HM
Manfred Pankratz MP
Isabelle Reiff IR
Ernst Schreckenberg ES
Thorsten Trelenberg TT
Fabian Trelle FT
Sascha Wundes SW

Vom LiteraturRaumDortmundRuhr und dem Autorenstammtisch Dortmund erschienen zuvor:
"Die lynchen uns. Ein kriminalistischer Kettenroman" Verlag Dortmunder Buch 2016
"Schön hier! Lieblingsplätze und Herzensorte in Westfalen" Verlag Dortmunder Buch 2017
"Glücksorte in Dortmund" Droste Verlag Düsseldorf 2018
"all over Heimat" Verlag stories & friends, Lehrensteinsfeld 2019

Weitere Informationen über uns
www.literaturraumdortmundruhr.de

Grußwort

Als Thomas Kade mich vor einigen Monaten anrief und fragte, ob ich ein Grußwort für ein etwas anderes Bergbaulexikon nach dem Ende des Bergbaus schreiben könnte, sagte ich reflexartig zu, denn so etwas gehört zu meiner Profession. Als dann das Manuskript eintraf, dachte ich aber: Hoppla, was kommt denn jetzt? Dem Aufbau und der Anmutung nach in der Tat ein Lexikon, ist "Die Zeche zahlen" viel mehr und wirklich etwas anderes: Es ist ein subjektives Kaleidoskop des Ruhrgebietes mit seinen typischen Phänomenen und Elementen.

Zwei Dutzend Autorinnen und Autoren haben sich hier aufgemacht, die für sie persönlich wichtigen Elemente dieser durch Kohle und Stahl, durch Arbeit und Kapital, durch Solidarität und Ausbeutung geprägten Landschaft noch einmal neu zu vermessen und teilweise originär, teilweise eklektizistisch zu einem Panorama zusammenzutragen, das bei aller Heterogenität eine seltsame Geschlossenheit aufweist und bei der Gesamtlektüre kaum einen Wunsch nach fehlenden Stichworten offen lässt.

Dabei sind die einzelnen Texte ebenso lehrreich wie witzig, verblüffend wie hintersinnig, um die Ecke gedacht und auf den Punkt gebracht, gelehrt und lehrreich, lyrisch und prosaisch, vor allem aber mit großer Kenntnis und Empathie für das Ruhrgebiet geschrieben. Insofern versammeln sie eine Fachmann- und Frauschaft, die tief in der Region verwurzelt ist und die gleichzeitig die wichtigen, grundlegenden Erfahrungen und Erkenntnisse, die diese Region aus ihrer Geschichte gewinnt, aufzeigt und vermittelt.

Ich wünsche den hoffentlich zahlreichen Leserinnen und Lesern aus der Region, vor allem aber auch außerhalb des Ruhrgebietes vertiefende Einsichten, verblüffende Erkenntnisse, berührende Momente, vor allem aber viel Spaß bei der Lektüre dieses einmaligen Lexikons und seiner postmontanen Stichwörter und grüße sie mit dem schönsten Wort, das uns die Bergbausprache hinterlassen hat, mit einem herzlichen

Glückauf

Prof. Heinrich Theodor Grütter
Direktor Ruhr Museum und Mitglied
des Vorstandes der Stiftung Zollverein

A

Abbauhammer

(fortissimo) Ratatatatatatatatatatatatatatat! SW

Ablenkscheiben

Nach getaner Schicht geht der Bergmann nach Hause, küsst Frau und Kinder, lobt das gute Essen und das frische Bier, geht in die Wohnstube und legt ein paar Ablenkscheiben auf (→ Musiktruhe). SW

Absaufen

Wer weiß es schon? Das Ruhrgebiet hat sich durch den Bergbau abgesenkt. An manchen Stellen bis zu 30 Metern. Deshalb betreiben 11 Wasserverbände kaum sichtbar 1.115 Pumpen. Sie pumpen ewiglich. Denn würden sie nicht pumpen, dann würden die Bodensenken mit Wasser volllaufen oder Grubenwasser würde das Grundwasser vergiften.

Wir saufen ab.
Wir werden absaufen.

Wir werden abgesoffen sein.
Eines Tages.
Denn nichts als die Ewigkeit
dauert ewig. (Zahlen aus „Deutsche WirtschaftsNachrichten v. 12.11. 2013)
X = 1.115 x ∞ HUH

Abseitsamt

Fälschlicherweise so bezeichnet, richtiger müsste es heißen: Arbeits-usw. (mal Center, mal Agentur, früher gern Amt), Ort, wo die sich hinzubegeben haben, die nicht im gesellschaftlichen Abseits landen wollen; dort werden sie beraten (nicht gebraten), dass immer noch einer hinter, bzw. unter ihnen stehen muss, damit sie nicht die letzten vorm Tor (nicht Tod) sind. Erst müssen sie einen Servicepoint auf ihre Stirn bekommen gefolgt von einer siebenstelligen Zahl und dem Befehl Enter, dann wird ihre Zahl aufgerufen und sie gebraten. TK

Abstich

1. In regelmäßigen Abständen durchgeführte Öffnung des Verschlusses eines Hochofens im Hüttenwerk. Dadurch kann das flüssige Roheisen aus dem Hochofen ablaufen.
2. Häufig vorkommende Handlung unter Eheleuten in der Weihnachtszeit. Durch die dichte Aufeinanderfolge der Feiertage sind der Arbeiter (Angestellte etc.) und seine Frau bzw. ihre Kinder einander in ungewohnter Weise ausgesetzt, was dahingehend eskalieren kann, dass einer von ihnen die Nerven verliert und

auf den anderen mit einem Messer einsticht. Führt dieser Angriff zum Tod des Ehepartners bzw. der Ehepartnerin wird von „Abstich“ gesprochen. Häufigste Todesursache im Monat Dezember. CH

Abteufen

Hat nichts mit dem Teufel zu tun. Abteufen ist das Niederbringen. Wer sowas erfindet, hat Dinge im Blut, die für die deutsche Sprache kontraproduktiv sind. Oder er ist in der Kommission für das Unwort des Jahres. Mit Abteufen ist der Bau von senkrechten Schächten gemeint. Dazu gehören auch Blindschächte und Lichtlöcher. Der Blindschacht ist aber nicht das Komplement vom Lichtloch. UE

Abwärts

Abwärts fährt die späte Schicht,
dunkel wird es, fürcht‘ dich nicht,
die letzte Fahrt wird’s für uns heuer,
denn unsere Kohle ist zu teuer.

Wenn ich mit meinem Hobel
die Kohle hobeln kann,
dann fallen Kohlespäne
ich fühle mich als Mann.

Das Schlagwetter trifft, oh Wetterschlag,
abteufend falle ich herab
und lande weich, oh welch ein Trumpf,
im allertiefsten Pumpensumpf.

Schon immer konnt‘ ich prellend Zechen,
drum musst ich oft die Zeche prellen.
Im Wirtshaus Santa Barbara
soff und prellt‘ ich Jahr für Jahr.

Schlechtes Wetter ist im Stollen,
die Grubenlampe flackert leis.
Ich mache schnell mich auf die Socken,
der Arsch geht mir auf Grundes Eis.

Schnell beißt du dich im Stollen fest.
Das Grubengas gibt dir den Rest.
Die Grubenlampe dir erlischt,
als Bergmann kannst du dafür nischt.

Das Butterbrot am Seile hängt,
die Ratte durch den Spalt sich zwängt,
sie zielt und springt und fällt herab,

die Waschkaue ist ihr Seemannsgrab.

Wer den Bergschaden hat,
der kennt die RAG.
Wer den Blindschacht hat,
hat Pech gehabt.

Das Gezähe in der Nähe,
am Mann sind Biere aus der Pulle,
fährt bergfremd ein der junge Mann
und träumt von Bier und Butterstulle.

Das Gedinge unterschrieben,
jungfräulich ist's Arschleder noch,
er träumt daheim von seinen Lieben
und denkt verschmitzt, sie bewegt sich doch.

Im alten Mann steht jener Kübel,
den man braucht, wenn einem übel.
Bei Grubenwurm und Steinstaublung'
hilft monatliche Rentenzahlung.

Das Flöz ist schwarz, das Flöz ist dunkel,
voll Kohlenstaub ist das Furunkel.
Doch gleich bin ich am Tageslicht,
erhol mich von der letzten Schicht. PG

Adam und Eva
Nach der Vertreibung aus dem Paradies die ersten Exemplare der arbeitenden Bevölkerung, (ein weibliches und ein männliches Exemplar), (→ Gedicht „Neue Welt" von Derek Walcott (Nobelpreis für Literatur 1992) aus „Erzählungen von den Inseln- Gedichte, dt. von Klaus Mertens, Hanser, München 1993) CH

Äh
1. Ewigkeit, die wir aufgeben, aufgegeben haben, aufgeben werden. (→ Ewigkeitsaufgabe)
2. Wort für Ratlosigkeit, oft mehrfach hintereinander ausgesprochen, um Zeit zu gewinnen, nach einer Lösung z. B. für die Ewigkeitsaufgabe zu suchen oder sich aus dem Staub (→ Staub) zu machen.
3. religiöser Begriff der Gläubigen, um an ein Leben in selbiger zu glauben, wie das Festhalten in Schlaufengriffen einer holprig und ruckhaft anfahrenden und bremsenden Straßenbahn. Lass nicht los! Komm mit in die Hölle.
4. philosophischer Begriff, um nicht ans Ende der Welt glauben zu müssen, auch wenn diese Welt zu Grunde geht. TK

Aichmophobie
Krankhafte Angst vor spitzen Gegenständen wie Nadel, Nagel, Skalpell, Satire, Spritze, Bemerkungen; kann abtrainiert werden durch Sucht, Krankheit und Arbeit als Näher. TK

Alter Mann
du hast keine Freunde mehr,
so leer und erdenschwer
Alter Mann
deine Zeit ist nicht die meine
ich fürchte die Steine
die dir entrissen
Alter Mann
Da liegst du so schwarz und krumm
Im Dunkel und bleibst stumm.

(Alter Mann = abgebaute Lagerstätten z. B. von Kohle) HUH

Ältere Männer
1. Lagerstätten, die noch nicht ganz abgekratzt sind. 2. Arbeiter nach einer 10 Stunden-Schicht (→ Schicht). TK

Alte zechen
Ilse und Hans Stollen: Die Alten zechen an der Ruhr. Vergangenheit und Zukunft der Stammtischkultur. Mit einem Katalog mit 721 Schänken. 9., um einen Exkurs über das Krugrecht erweiterte und in braurechtlichen Teilen aktualisierte Auflage 2018 der 8., völlig neu bearb. u. erweiterten Auflage 2012. SW

Amalie
Abgerissen
Das Bergwerk
Weicht dem Park
In Altendorf und Bergeborbeck
Erholung UE

Anschläger
Ein Schlag = Halt!
Zwei Schläge = Auf!
Drei Schläge = Hängen!
Vier Schläge = Seilfahrt
Vier und ein Schlag dazu = Selbstfahrer
Fünf Schläge = zur 400 m Zwischensohle
Drei und drei Schläge = Korb frei! UE

Angst

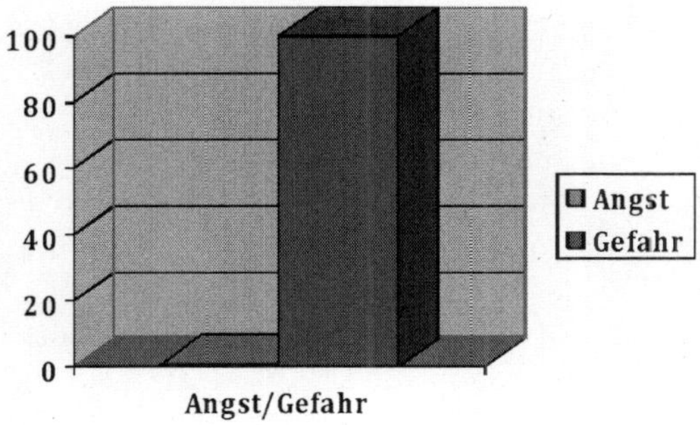

Hunderte Meter unter der Erdoberfläche arbeiten Menschen – Schicht um Schicht. Sie haben keine Angst. Das beweist: Je größer die Gefahr, je kleiner die Angst.
HUH

Apokalypse

Stell dir vor, du wachst auf. Es ist ein herrlicher Frühlingstag. Die Sonne scheint. Die Kinder maulen und mäkeln ausnahmsweise mal nicht beim Frühstück, deine Frau schenkt dir ein Lächeln über die Kaffeetasse hinweg. Du bist gut gelaunt und freust dich auf den vor dir liegenden Arbeitstag. Ein interessantes Projekt wartet auf dich. Ein guter Tag, denkst du. Ein Tag, der so anfängt, ist ein Versprechen. Frohgemut öffnest du die Haustür, trittst hinaus in den Sonnenschein, wendest dich nach links, zur Einfahrt, in der du am Abend zuvor das Auto geparkt hast. Da siehst du – ja, was siehst du? Du traust deinen Augen kaum, schließt sie rasch in der Hoffnung, dass deine Sinne dich täuschen, du fährst dir mit der Hand übers Gesicht und öffnest die Augen wieder, zögerlich. Du siehst, und diesmal musst du es glauben, denn du siehst, was du zehn Sekunden zuvor auch gesehen hast, nämlich – nichts. Buchstäblich nichts. Wo vorher die Einfahrt war, die du erst im letzten Jahr auf Drängen deiner Frau zunächst widerwillig, dann aber doch, mit einem Kumpel neu gepflastert hast, siehst du nichts, nur ein großes Loch.
Nachdem sich deine Schockstarre ein wenig gelöst hat, näherst du dich vorsichtig dem Loch, das vormals deine Einfahrt war, spähst über den Rand und schaust. Unfähig, auch nur den geringsten Laut auszustoßen, „Hilfe" oder den Namen deiner Frau oder was sonst dir im Augenblick höchster Not in den Sinn käme. Du blickst also über den Rand des Kraters, dein langsam wieder einsetzender Verstand hat das vor dir liegende Loch als Krater identifiziert. Du schaust hinab und versuchst die Situation zu begreifen. So groß scheint der Krater nicht zu sein. Dein Hirn registriert eine Tiefe von ca drei bis vier Metern. So genau lässt es sich aber nicht erkennen in dem Durcheinander von Sand, Schotter, Erde und ineinander verkeilten Steinen. Mittendrin, Front voran, dein Auto, als

hätte es vergeblich einen Kopfstand probiert.
Stell dir vor, du starrst in diesen Krater, der nach deiner Einschätzung also ca drei bis vier Meter tief ist. Du starrst und plötzlich bricht er aus dir heraus, der Schrei, ein Heulen wie das Heulen eines Hundes, laut, langgezogen. Angelockt von deinem Schreien eilen deine Frau und die Kinder herbei, die noch beim Frühstück saßen, als du das Haus verließest, und einige Nachbarn. Sie teilen dein Entsetzen und starren mit dir gemeinsam in den Krater. Wortlos. Die Erde hat sich aufgetan. Gemeinsam stellt ihr euch nun vor, dass es immer mehr Krater geben wird, dass niemand mehr sich seines Grund und Bodens sicher sein kann, dass Hunderte, Tausende von Kratern entstünden. Euch schaudert.
Schließlich stellst du dir vor, du wachst auf an einem nieseligen Frühlingsmorgen. Du hast schlecht geschlafen. Beim Frühstück sind die Kinder maulig und mäkelig, deine Frau rührt abwesend in ihrer Kaffeetasse. Du musst nach dem linken Socken suchen, was dir den letzten Nerv raubt, denn du hast den Wecker überhört und bist spät dran. Vor dir liegt ein Tag mit langweiligem Bürokram. Ein Tag, der so anfängt, bringt nicht viel Gutes, denkst du. Du öffnest schlecht gelaunt die Haustür, wendest dich nach links der Einfahrt zu, in der du am Vorabend das Auto geparkt hast. Du gehst um den Wagen herum, öffnest die Fahrertür, steigst ein und fährst los. Kannst du dir vorstellen, wie glücklich du dich schätzen solltest? CE

Arbeit
„Erst die Arbeit und dann“, Deutsche Kurzfilmkomödie von Detlev Buck, 1984, 45 min. CH

Arbeitsloser
Der jetzt Kunde heißt und dementsprechend behandelt wird, als König, allerdings Kleiner, der längst abgesetzt ist und nicht nur an den Ort zu Fuß geht, den man Örtchen (→ Abort) nennt. „Abseits!“ schreit einer, „Das war abseits!“ Ein Videotenbeweis muss her. TK

Arbeitsunfall
1.Häschen in der Grube
saß und schlief.
Armes Häslein, bist du krank,
dass du nicht mehr hüpfen kannst?
Häschen hüpf!
2. So überlebt der Bergmann eine Kohlenstaubexplosion: Gar nicht. SW

Au
ffe Flucht sind wir nicht; sind ja nicht mal auf Arbeit. (? Spruch in vielen Büros „Wir sind hier nicht auf der Flucht, sondern auf Arbeit“; gerne kopiert und mit Klebefilm an die Wand geklebt; existiert aber auch in der gehobeneren, um nicht zu sagen Luxusvariante, als Blechschild, mit einem Metallkettchen versehen und an einen Nagel gehängt). TK

Auf
der Suche nach Arbeit - gefordert und gefördert versteht man oft: gefoltert. TK

Auf Zeche gehen
In unterschiedlichen Lebenslagen benötigen wir Menschen, welche zu uns halten, uns stärken und für uns eintreten. Egal, in welchem sozialen Raum wir uns bewegen, ob in Schule, im Verein, Betrieb oder Stadion. Die konfliktbereiten Gegenüber finden sich. Unterschiedliche Meinungen führen zu leichten, mittelschweren bis zu weilen schweren Konflikten und dann taucht der oder die auf, welche unverhofft auf unserer Seite ist.
Der Kumpel oder die Kumpeline, welche sich mit uns verbrüdert, verschwestert und mit uns gegen diejenigen Antritt, welche uns versuchen, das Leben schwerer zu machen, als es ist. Aus Anerkennung für diese Haltung und den Mut wurde in früheren Zeiten, zur Dritten über diese, uns Wohlgesonnenen gesagt: *„...für den/ die würde ich auf Zeche gehen.“* Praktisch der synonyme Ruhrgebietsausspruch zu *„...für den/ die würde ich durch die Wüste gehen“*
Eine Anerkennung im Bezug zur Härte der Arbeit auf Zeche, unter Tage, ohne Tageslicht mit staubtrockener Kehle in Wechselschicht. Die Wüste, nur kälter, dunkler, aber eingerahmt durch Solidarität mit Mitstreitern gegen die Unwirklichkeit der Stollen.

„...für sie würd´ ich auf Zeche gehen“
...Samstagsmorgen auch den Rasenmähen
sie kann die Kinder erziehen,
ja mit ihr... da würd` ich untergehen
-im Lebenssturm, abgekämpft und zufrieden
Oh heilige Barbara, ich bete und opfere mich
-aber lass sie mich wiedersehen
denn... für Sie würd ich auf Zeche gehen!“ FT

Aufzug
Aus dem Kleinen Knigge des Bergmanns: 1. Karnevalsumzug in Verkleidung. Zu Hause sein spätestens Aschermittwochmorgen, ausziehen! 2. Vorrichtung zur Beförderung von Personen und Lasten. Nicht benutzen, wenn‘s brennt! Erst löschen. 3. abwertende Äußerung zur Kleidung 4. Akt in einer Trag- oder Komödie 5. (Jägerspr.) Aufzucht von Fasanen 6. das Aufziehen der Kette auf den Webstuhl 7. (Sp.) langsames Hochziehen des Körpers aus dem Hang in den Stütz mit ganzer Drehung um die Querachse. Den rechten Fuß nicht vergessen! TK

Auguste Victoria
Um diese interessante Frau zu verstehen, braucht man etwas Zeit und einen Hang zur Geschichte. Eigentlich war es eine gute Sache, als zwei Düsseldorfer Freigeister im 19. Jahrhundert in Marl und Haltern am See eine Gewerkschaft gründeten: Die bergrechtliche Gewerkschaft Auguste Victoria. Namensgeber war die Königin von Preußen und die letzte deutsche Kaiserin Auguste Viktoria

von Schleswig-Holstein-Sonderburg-Augustenburg. Man munkelt, sie war mal in einem Prinzen verknallt, durfte ihn aber nicht heiraten.
Naja, egal. Jedenfalls haben die Düsseldorfer Freigeister die Grubenfelder Hansi I und II gekauft und Kohle gemacht. Die Kumpels haben alles Mögliche gefördert: Steinkohle, Blei, Zink und Silber. 2015 war aber Schicht im Schacht.
Dann haben die Synapsen einiger Marler Geistesgrößen Klimmzüge gemacht und „gate.ruhr" erschaffen. Aufgrund der Trimodalität sei das Gelände ideal für Gewerbeflächen. Trimodal heißt hier, dass die Verkehrsanbindung durch Autobahn, Hafen und Schiene gegeben ist. Es sind eben nur drei und nicht vier. Denn ein Flughafen ist hier nicht, sonst hätten die ja quattromodal gesagt. Außerdem fehlt noch eine Machbarkeitsstudie. Man ist sich im Rat der Stadt Marl aber noch nicht einig, ob die Machbarkeitsstudie machbar ist. Wenn ja, wird die den Genossen im Rat und der Öffentlichkeit in „geeigneter Weise" zugänglich gemacht. Soll heißen: Du musst erst Anträge ausfüllen und belegen, dass Dein Interesse auch öffentliches Interesse ist. Wenn nicht, gibt es keine geeignete Weise, Dir das zugänglich zu machen. Aber der Rat hat auch schon beschlossen, einen Bebauungsplan zu machen. Ob die Plan davon haben, was sie machen?
UE

Aussichten, berufliche
Einschätzung von Berufen, die als mögliche zukünftige Tätigkeiten angesehen werden. Im Bergbau sehr begrenzt. (→ Film „Junges Licht" von Adolf Winkelmann, 2016, nach dem gleichnamigen Roman von Ralf Rothmann, in dem der Bergarbeiter Waller auf dem Balkon sitzend seinem zwölfjährigen Sohn dessen berufliche Möglichkeiten in Aussicht stellt.) CH

B

Badetag
Sukzessive Familienaktivität samstags nachmittags in der heimischen Badestube; der oder die Letzte darf in das Schmutzwasser der anderen eintauchen. AKK

Barbar
a saß nah am Abhang, sprach gar sangbar zaghaft langsam. „Klack ab, klack ab, kam da das Stahl? Das Drahtaas? Das Lama?“ „Dat A t?“ aus einem Sprechübungsbuch für angehende Schauspieler, → Sprache des Bergmanns (nach 'n paar Bier). TK

Barbara
Schutzheilige der Bergleute; Märtyrin Ende des 3. Jahrhunderts in der heut gen Türkei, um die sich zahlreiche Legenden ranken. Gedenktag ist der 4. Dezember. Auch die „Barbarazweige“ sind nach ihr benannt. AKK

B, äh, PostCon
oder TNT oder UPS oder DHL oder PDS oder Hermes oder....Briefträger. Für jeden von denen zu Weihnachten einen Zehner? Wer bringt die Mahnungen? Der kriegt nichts. TK

Bedürfnis
Oft in Verbindung mit Anstalt und anstellen gebraucht, 1. Empfinden von Mangel (→ Bedarf und Nachfrage) und dem Wunsch zu konsumieren (knappe und freie Güter), 2. Gefühl von Völle, die man loswerden will oder sogar muss, unter Tage und unter Männern kein Problem TK

Berg
1. Der Berg ruft, was oft in den ihn umgebenden Großstädten überhört wird. Die Großstadtbewohner sind dann unvorbereitet, wenn der Berg selbst kommt, weil sie nicht gekommen sind. 2. Der Berg ruft, Film von Luis Trenker (1937/38 über die Erstbesteigung des Matterhorns) „Donn sinn mir naufkroaxelt un donn sin mir nunterkroaxelt“, süddeutsches Äqivalent für „Glück auf und Glück ab“. Über die Erstbesteigungen der unzähligen Kohlenhalden ist wenig bekannt. 3. Der Berg ruft den Propheten selten; öfter ruft der Prophet nach dem Berg. Wer dann wann zuerst und hinterher hingeht, darüber denken Philosophen nach und bauen ein Riesengedankengebirge drum herum. Wir sehen die Lösung in der Mitte nicht, das Loch. TK

Bergarbeitersiedlungen
auch: Zechenkolonie; 1. „Als Unterkunft für die vielen Bergleute bauten Carston,

Waite & Co auf dem Bestwooder Hügelhang große viereckige Häuserblöcke, die sogenannten Squares, und unten im Bachtal, wo die 'Hell Row' gestanden hatte, die sogenannten 'Bottoms'......Die Häuser waren gut gebaut und ganz ansehnlich." (aus: „Söhne und Liebhaber" D.H. Lawrence, dt. von Georg Goyert, Rowohlt Verlag, 1960, S. 6). 2. (→ Die 50 schönsten Arbeitersiedlungen im Ruhrgebiet oder vom Ruhrtourismus die Highlights: Gartenstadt Margarethenhöhe in Essen, Siedlung Dahlhauser Heide- auch Kappeskolonie genannt - in Bochum, Alte Kolonie Eving in Dortmund, Zechensiedlung Teutoburgia in Herne). TK

Bergbau-Museum

Zollverein erledigt, Zollern erledigt, Nordstern erledigt, Prosper-Haniel in der Mache. UE

Bergfex

1. leidenschaftlicher Bergsteiger 2. sich als solcher ausgebend, es nicht seiend TK

Bergfrau

Denkbar, aber nicht vorgesehen, → Bergmann. CH

Ergänzend dazu: Bergfräulein, "Ein guter Geist, der Schlechtes verheißt" heißt es . TK

Bergmann

Bezeichnung für einen Arbeiter, der Kohle unter Tage abbaut. Dieser Arbeitsbereich galt als berufliches Refugium des Mannes, wo er über Stunden hinweg verdreckt und verschwitzt sein konnte, ohne von einer Frau angeraunzt zu werden. CH

Der Bergmann an sein Leder

Und wenn die letzte Schicht einst kommt,
Dann sag' ich froh: Glück auf!
Schließ ich dann die müden Augenlider,
Fährst du mit zur letzten Grube nieder;
Glück auf dann, Welt! Glück auf! SW

Bergmannskuh

Eine in den Bergmannssiedlungen des Ruhgebietes und des Saarlands gehaltene Ziege, die die Arbeiter und deren Angehörigen mit Milch versorgte.
Neben dem Schwein wurde die Hausziege im 19. Jahrhundert in Wohnraum oder Garten als Nutztier gehalten, um den Lohn der Bergleute aufzubessern. Dies wurde durch den Anbau von Obst und Gemüse noch ergänzt.
Die Bergmannskuh hat längst Einzug in die bildende Kunst gehalten. So kann z.B. eine Skulptur in Herne besichtigt werden.
Im Saarland ist sie auch bekannt als Berschmannskuh oder Schachtziesch. PM

Bergmannseife

Kostenlose Seifenration für den Bergmann. Mit der extra harten Kernseife „Bergauf" lässt sich der Bergmann nach getaner Schicht in der Kaue von seinem Kumpel buckeln. SW

Bergmännische Künste
Fahrkunst, Wasserkunst, Pumpenkunst, Bulgenkunst, Knarzenkunst, Heinzenkunst (auch Taschenkunst, Hängseilkunst, Büschelkunst), Herrenkunst, Rosskunst, Tretkunst, Bückelkunst. Kunstgraben, Kunstschacht, Kunstgestänge, Kunstrad. SW

Bergmannsheil Bochum
Berufsgenossenschaftliches Universitätskrankenhaus, gegründet 1890 als Bergbau- Berufsgenossenschaftliche Krankenanstalten, Spezialklinik zur Unfallversorgung der Bergleute des Ruhrgebiets, damals eine absolute Neuheit, Kurzfassung: Hier wurden kaputte Bergleute „heil“ gemacht. CH

Bergpredigt
1.(lat. oratio montana, auch Bergrede) Teil des Matthäusevangeliums im Neuen Testament, Inhalt: Die Jünger sind Jesus auf den Berg gefolgt, er legt ihnen seine Gedanken dar. Die Bergpredigt gilt als die wichtigste von Jesus gehaltene Rede. Sie steht am Beginn seiner Öffentlichkeitsarbeit und ist bis heute von Bedeutung. 2. Wer predigt, weiß, dass vor ihm eine große und schwere Aufgabe liegt, die kaum zu bewältigen ist, daher der Vergleich der Predigt mit einem Berg. 3. aktualisiert: sprachliche, an ihren pubertierenden Nachwuchs gerichtete Äußerungen von Eltern. CH

Bergsteiger
Aufsichtsperson im Bergbau (Steiger), die sich verlaufen hat und die ihm unterstellten Personen auf einem Berg sucht statt einzufahren. CH

Beruf
1. ist immer das, was der Vater, was der Großvater gemacht haben. Man ergreift keinen Beruf, der Beruf ergreift einen. 2. Heiteres Beruferaten, die längste Unterhaltungssendung im Fernsehen. Man sah, dass es mehr Berufe gab, als man sich denken konnte. Die typische Handbewegung zeigte ein Detail dessen, was der zu ratende Beruf beinhaltete. Man hätte auch nach der typischen Berufskrankheit fragen können. → Berufsgenossenschaft und an- und nicht anerkannte Berufskrankheiten (wie Staublunge) 3. ernstes Beruferaten, Zeit am Ende der Schulzeit: Was will ich mal werden außer Model, Astronaut, Fußballer, Millionär. Der sogenannte Ernst des Lebens stellt sich ein, vielleicht auch mich. 4. „Ihr Mann war Bergmann. Seit drei Wochen war sie in ihrer neuen (→ Bergarbeitersiedlungen) Wohnung, als die Kirmes oder der Jahrmarkt begann. Sie wusste, dass Morel an diesem Tag bestimmt nicht zur Arbeit ging.“ (aus: „Söhne und Liebhaber“ D.H. Lawrence, dt. von Georg Goyert, Rowohlt Verlag, 1960, S. 7). (→ Blaumachen). TK

Bilder
Die unterschiedlichen Bilder, die über dem Sofa, über dem Doppelbett und in der Küche hingen, gerne mit dicken Staubschichten oben auf den gold ange-

strichenen Gips- und Metallrahmen. Einfaches Pusten und Wischen mit dem Staubwedel reicht nicht.
Der mit Fett-, Rauch-, Schweiß- und Bierdünsten verbackene Staub muss ordentlich geschrubbt und abgekratzt werden. Eine grobe Drahtbürste wäre nicht schlecht. Auch wenn die Goldfarbe dran glauben muss, Schabspuren im Gips und Metall bleiben. Irgendwer hat sich irgendwann den Scherz erlaubt und die bunten Prilblumen auf die Bilder geklebt, weil Kühlschrank und Kacheln schon voll waren. TK

BimSchG
Bundesimmissionsschutzgesetz (1974), Gesetz zum Schutz vor schädlichen Umwelteinwirkungen durch Luftverunreinigungen, Geräusche, Erschütterungen und ähnliche Vorgänge. Hätte es das doch schon früher gegeben! Wäre uns dann etwas erspart geblieben? Weiter fragen wir uns aktuell: Was sind „ähnliche Vorgänge"? Im Übrigen dürfen weder der Immissionsschutzbeauftragte noch der zu bestellende Störfallbeauftragte benachteiligt werden. TK

Blaumachen
1. Himmel über der Ruhr und Himmel in der Ruhr wurden in den letzten 50 Jahren von Grund auf gereinigt. Die wenigen Grauschlieren sind winzige Haarrisse und eingeritzte Initialen. 2. nicht zur Arbeit gehen und so den Himmel über der Ruhr und in der Ruhr blau sein lassen (→ Beruf, 3). TK

Blindes Gestein
Ist wie taubes Gestein nicht verwertbar. Es wird als Versatzmaterial wieder in die Grube geschüttet oder wird zu Abraumhalden aufgeschüttet. Im einen Fall füllt es die untertägigen Hohlräume, im anderen Fall die obertägigen. SW

Blindschacht
Blinder Schacht
Du tust uns Leid
Bleibst immer unter Tage
Wirst die Sonne niemals sehen
Das steht außer Frage. SW

Blühende Landschaften
Politikersprech. Utopie. Wo keine (→) Zechen mehr, kein (→) Ruß, kein (→) Grau mehr, entstehen Blühende Landschaften. Die Menschen können den ganzen Tag an der frischen Luft verbringen, über Wiesen hopsen und feinstaubfreie Luft atmen. Ach übrigens: (→) Feinstaub. DG

Blutende Landschaften
Regionen, abgeschlagen, abgeschossen und zum Ausbluten freigegeben. Noch hängen sie frisch geschlachtet am Haken und tropfen in eine darunter gestellte Wanne. Es wird behauptet, sie hingen am Tropf anderer Landschaften. TK

Bolzen

1. Fußball spielen, pöhlen, auf einem Bolzplatz, meist eine Wiese, ein Hinterhof, ein Schulhof, ein Kinderzimmer, ein Flur, möglichst mit Fensterscheiben. 2. Geschoß, das aus der Bolzenwaffe in den Kopf des Schlachtopfers dringt. TK

C

C

1. chem. Zeichen für Kohlenstoff. 2. Auf Thermometern Abkürzung für Celsius. 3. Dritter Buchstabe des dt. u. vieler a. Alphabete. Vorsicht, dass nichts drauf fällt! Sicherheitsschuhe tragen! CC

Chemische Reinigung

Die Reinigung von durch Unkräuter und Kleintiere verdreckten Erdschichten und fließenden und stehenden Gewässern (→: Emscher) mit und ohne Anwendung von Wasser mit chem. Lösungsmitteln z.B. Benzin, Waschäther, Diesel, Pestiziden, Schwermetallen, Schwefelwasserstoff, Schmerzmitteln und Medikamenten in gelöster Form, Fäkalien, Hormonen, insbesondere Wachstumshormonen. (→ Flächenbeseitigung und Grünflächenentfernen und 7 Fragen an mein Leitungswasser). TK

Cholesterin

„Gallenfett, im Tierreich weitverbreiteter fester, aus farblosen Blättchen bestehender (→) Alkohol." aus: ABC der Naturwissenschaften und Technik, Wiesbaden 1949. Von bedenklichem menschlichem Chol. ist noch längst nicht die Rede. TK

Chloe

1. Zwillingsschwester und gleichzeitg Muse der Kunst; meist im Zusammenhang genannt: „Kunst und Chloe", kümmert sich um das Geld, die Kohle, oft als Finanzministerin der Kunst bezeichnet. Es geht die Mär, dass Kunst nicht ohne Chloe und Chloe nicht ohne Kunst auftaucht. Dem können wir uns nur anschließen. 2. Parfüm und Eau de Toilette von Karl Lagerfeld für Frauen mit den Hauptakkorden weiße Blüten, blumig, holzig; wird gern unter Tage unter den Arbeitshandschuhen und im Dekolleté getragen 3. US-amerikanischer Erotik-Thriller (2009) 4. Asteriod (402 Chloé, 1895 entdeckt) 5. drei Orte in den USA. TK

Copper

Engl. für Kupfer, Symbol Cu a.d. Lat. Cuprum); „...The copper bosses killed you, Joe/They shot you, Joe, says I/Takes more than guns to kill a man/Says Joe, I didn't die/Says Joe, I didn't die ..." aus dem Protest-Song/Union-Song für die Gewerkschaftsbewegung) „Joe Hill", Text von Alfred Hayes, Melodie von Earl Robinson, ©1938 by Bob Miller, den Joan Baez 1969 auf dem Festival in Woodstock sang. TK

Currywurst

1. Hier gilt eigentlich das Gleiche wie bei (→) Omma. Der einzige Unterschied ist,

dass es sich um ein Identifikationsobjekt handelt, welches für einige Menschen zum Verzehr geeignet ist (also nicht die Omma). Mit dem Bergbau hat das auch nix zu tun.

DG

2. Die Entdeckung der, Novelle von Uwe Timm, 1993 3. Die Erfindung der, worüber sich die Historiker noch streiten, war's in Berlin, kommt sie aus Belgien, ist sie ursprünglich im Ruhrgebiet beheimatet? Serviert typischerweise in Pappschale mit Pommesgabel (Plastik oder Holz). Lange sah man stattliche Sammlungen von bunten Pommesgabeln aufgereiht innen an den Windschutzscheiben von LKWs. Wohin sind die verschwunden? → Lied: „Sag mir, wo die Gabeln sind, wo sind sie geblie-hie-ben?“

TK

D

Defekt
Richters Original Defekt Sucher
Um Defekte bei Maschinen, Motoren, Turbinen und Dynamos festzustellen, stelle man das Ende des Apparates an die Außenwandung der abzuhorchenden Teile wie Zylinder, Getriebe, Vergaser, Differential, Schieberkasten, Raddecken usw., lege alsdann das Ohr an die Membrane und stelle somit durch einfaches Abhorchen Defekte, welche durch Verschleiß, Ölmangel, Lösen von Bolzen und Schrauben usw. entstanden sind, mit Sicherheit fest. TT

Definition
Bergbau eines Bergmanns

Wir waren Sklaven
Gut bezahlte Sklaven
Mit all unserem Menschen
Leid

Unter verklärter Heimat
Scholle

Wir waren Vagabunden
Zogen durch dunkle Schächte
Und schlugen der Erde faltiges
Gewand

Unter verklärter Heimat
Scholle

Wir waren Seelen
Verlorene die mit Schlägel und
Eisen den Tod
Verleumdeten

Unter verklärter Heimat
Scholle (→ Scholle) TT

Dortmund
überrascht dich. Immer lese ich: Dortmund verarscht dich und denke, die werben mit der Wahrheit. Welche Wohltat! Aber vielleicht heißt es auch „Dortmund verarmt dich“ oder „überschattet“ oder „überrascht dich wirklich mit seinen

vielen Farben, Buntheiten, Grüns, ehemaligen Graus, zurückgebauten Brauns." Das kleine Ruhrgebietsstädtesloganquiz. Welche Stadt wirbt mit elephantastisch? Europastadt im Grünen? Mit Grün. Mit Wasser. Mittendrin.? Hansestadt an der Ruhr? Je oller je doller? die Blaue Stadt? Ruhrfestspielstadt? Stark. Stärker. Sterk...? Stolz auf? familienstadt. sportstadt. Meine Stadt? (ein fetter roter Punkt, vielleicht ein Blutstropfen, weil ...trop drin vorkommt) bock auf? Stadt am Fluss? leben und mehr? Die Groß- und Kleinschreibung ist übrigens original. Die Bürger werden befragt, aber nicht beteiligt. Letztendlich landet die Kohle auf den Konten von Agenturen. TK

Drillung
Eine Festigkeitsart, Verdrehung, bei der Längsfasern verdreht werden, die versuchen, sich in ihre ursprüngliche Gestalt zurückzuschrauben (→ Seilerei). So fühlt sich der Hals eines Uhu oder das Handgelenk des Schraubers an, auch bei Kreuzschlitzen. Hundertfaches Unterschreiben von Fanpostkarten ist weniger ermüdend. TK

E

Eckkneipe

1. vom Aussterben bedrohte Art. 2. leer stehende Ladenlokale, an deren Schaufenstern Plakate verrotten und deren Scheiben nach und nach eingeschmissen werden. TK

EGKS

Europäische Gemeinschaft für Kohle und Stahl, ein Kind mit vielen Vätern und dem Ruhrgebiet als Mutter, entbunden im Nachkriegsstaub.
Fast vergessen ist der Ursprung, der Eisprung, aus dem die EU erwuchs. Eizelle war die Kohle, die Samenzellen spendeten freudig die Alliierten. Europa alias Montanunion.
Heute stehen wir im Schoß Europas und schauen verwundert welche Sprösslinge sie hervorgebracht hat. Einig sind sie wie eh und je im Ausschlachten von Mensch und Land, hier, am Ende der Kohle. BL

Eingriffe

in den Untergrund im Ruhrgebiet. Rechtsradikaler Untergrund? Oder linksradikaler gar? Unterwanderung? Verdeckte Ermittlungen? Informanten, eingeschleust in politisch extreme Gruppierungen? Subversive Elemente die Oberfläche meidend? Jene, die vor Gewalt nicht zurückschrecken? Erschrockene Bürger. Rufe nach dem starken Staat. Aufgehende Saat?
Nichts von alledem stellt sich als zutreffend heraus. Eingriffe in den Untergrund, um Menschen zu schützen. Vor Tagesbrüchen. Vor dem Verschwinden. HUH

Einheimischer

1. jemand, der sich was einheimst. Wer weiß, in welchem Ausmaß und womöglich unberechtigterweise. 2. einheimisches Gericht: enthält alles, was man kennt. Erst heimst man ein, dann kocht man sich ein Süppchen davon. DG

Einlagerung

Wie viele Boxen braucht man, um eine Zeche sicher einzulagern, für später, wenn sie wieder gebraucht wird? Wir sollten die Chinesen fragen, die kennen sich aus. Auch den Unterschied zwischen Stahlwerk und Zeche. Für uns ist das egal; beides heißt zu viel freie Fläche. Man könnte sie fluten. Dann müsste man aufhören abzupumpen. Ein Mare rurum entstünde. Und wie viele Boxen bräuchte man für die ganze Stadt? Wahrscheinlich so viele und für diese vielen so viel Platz, dass man einfacher einen Bretterzaun um die Stadt hämmert. TK

Ene, mene, Mopel

Kinderabzählreim (vor allem in Bochum und Umgebung gehört): Ene, mene,

Mopel (auch: Eene, meene, mopel), wer frißt Opel? Groß und rostig, ein Euro ochtzig, ein Euro zehn und du darfst gehen. Gehn darfst du noch lange, lange nicht, sag mir erst, wie alt du bist...ene, mene muh und raus bist du! (→ KschG, Kündigungsschutzgesetz). 2. Strophe: ...wer schließt Opel? (→ SGB, Sozialgesetzbuch). 3. Strophe: ...wer vergisst Opel? Kein Gesetz mehr zuständig. TK

Excel, auch: eklig

Die Arbeitsamtstussi sagt: „Und wenn es mehr als drei Fehltage bei einem Teilnehmer sind, schicken Sie eine Excel-Tabelle, die Fehltage rot unterlegt." „Nein", antworte ich, während sich mein Gesicht rot unterlegt, „ich rufe die zuständige Beraterin an und rede mit ihr." Am Ende der Maßnahme sagt die Beraterin zu mir: „Beim nächsten Mal müssen Sie mehr durchgreifen." Ich ergreife das Wort nicht und denke, dass es ein nächstes Mal nicht geben wird. Alle Tabellen habe ich zuvor gelöscht. Die Tasten fühlten sich klebrig an. Gründliches Händewaschen hilft nicht, ich habe mich schuldig gemacht. Das System gewinnt an Einfluss und Macht. Bei den Arbeitslosen (gern Kunden genannt), bei den Sozialpädagogen und bei den Arbeitsämtlern. Und wer ist nun der Schuldige? Die immer braun gebrannten Politiker, die wohl frisierten Wirtschaftsbosse, die Erfinder von Hartz IV, die Grünen, die Sozialdemokraten.... TK

Erin

Kommse mal nach Castrop, dann kannse eine irische Göttin sehen. Im 19. Jahrhundert kamen schon die Heuschrecken und haben alles gekauft, was nicht niet- und nagelfest war. In diesem Fall war es ein Ire, der Zeche Erin gekauft hat. Erin ist eine Form von dem Wort „Irland" und der Name einer nordischen Göttin. Suchen Sie sich eine Version aus, ich bin mir auch noch nicht im Klaren. UE

Erste Zeche

Seit dem 9. Jh. Mhd. zech(e), mndd. Teche, hierzu auch ahd. Gizehon = anordnen, ahd. Gizeh = geordnet, alte Bezeichnung für (→) Genossenschaften. TK

Ewigkeitslasten

Wie lang dauert eine Ewigkeit? Bis es vorbei ist. Bis was vorbei ist? Alles! (→ Absaufen). HUH

F

Feinstaub
liegt auch auf dem Mond, aber der ist weit von uns entfernt. (→ Ruß). DG

Fließ-
oder Förderband, an dem ich wieder stehe und Menschen sortiere und sage, abwechselnd mit dem rechten und linken Arm rudernd, ich fördere Sie, ich fordere Sie, ich fördere Sie, ich fordere Sie, ich fördere Sie, ich fordere Sie, ich fördere Sie, ich fordere Sie, ich fördere Sie, ich fordere Sie auf, hören! Endgültig aufhören so zu sein. TK

Förderung
Nicht nur Kohle wird im Ruhrgebiet gefördert, sondern auch mit Kohle Literatur. Als Beispiel sei hier nur die Uraufführung von „Die Zeche zahlen" am 25. Mai 2018 im Dortmunder U genannt, sowie der Druck der dazu erforderlichen Lose-Blatt-Sammlung. Nochmals herzlichen Dank an unsere Unterstützer!
Volkshochschule Dortmund, Sparkasse Dortmund, Gesellschaft für Literatur NRW, Ministerium für Kultur und Wissenschaft des Landes Nordrhein Westfalen, Copier-Center Dortmund, ver.di Vereinte Dienstleistungsgewerkschaft, Dortmunder U und LiteraturRaumDortmundRuhr. TK/TT

Freisetzung
Freisetzung, auch: Auswilderung, nach Jahren in der Gefangenschaft werden die Lebewesen einzeln in Käfigen an den vorher sorgfältig ausgesuchten Ort ihrer Freisetzung und ihres zukünftigen Lebensraumes gefahren. Manche müssen während des Transportes betäubt werden. Alle werden registriert und beringt, um den Radius ihres Herumstreunens festzustellen und sie eventuell wieder einfangen zu können. Das Gitter wird hochgezogen. In genügendem Sicherheitsabstand warten die Wärter, bis das Tier wach ist, merkt, dass es fliehen kann und schnell das Weite sucht. TK

Fußball
oder: „Heu-te wolln wir sie-hi-gen...!"
Die Manhattan Sports Bar in der Von- der- Tann- Straße, kurz vor Dortmund-Körne
„Nein! Nein! Nein!" schreit sie am Nachbartisch. Dann ist Gefahr im Verzug. Aber es fällt doch kein Gegentor. Sie hat den Ball erfolgreich weg geschrien. Alle sind erleichtert, sinken in die Stühle zurück. Hier wurden die schlimmsten Augenblicke des Lebens erlebt, zumindest als Fan. Von Unglück spricht keiner. „Hast du Schei... am Schuh, hast du Schei... am Schuh." Dem stimme ich zu. Aber auch die schönsten, glücklichsten Momente. Schon das Reinkommen: „Hei! Wie

immer Timmy“, und sofort steht das Getränk am Stammplatz. Rainer hält unseren Stammtisch frei. „Hallo Riccardo!“ heißt es, „Hola, Tomasito!“ Handschlag, Umarmung, Anstoßen. „Hei, Christiane!“ Auch die Neuen, Unbekannten werden willkommen geheißen wie alte Freunde, Kumpel, Kameraden in Sieg und Niederlage. Bei jedem Tor (unnötig zu erwähnen: der eigenen Mannschaft) wird die Hymne abgespielt, mitgegrölt: „Heja be vau be, heja be vau be!...“ Viele bestellen einen Schnaps. Gut für sie, dass unsere Siege selten hoch ausfallen. Aber letztens, 6 : 1 gegen Mönchengladbach, Mann o Mann. Bei Nachmittagsspielen gibt es ein Familientreffen; wir begrüßen Eltern mit Kindern, die begeistert falsch mitsingen. Sogar Enkel suchen den schwarzgelben Ball. Über die Kneipe selbst gibt's zu sagen: einfache Einrichtung, für uns ausreichend, drei Billardtische, Dartscheiben, Carrombretter. Vereine spielen hier um Meisterschaften. Ein kleiner Hund, Jackie, dessen trippelnde Krallen man hört, wenn das Spiel langweilt. Seit neuestem ein Sofa, das aber wieder entfernt wird, denn auf ihm haben wir das letzte Heimspiel der Saison verloren. Zum Essen nur Nachos mit zwei Soßen, Erdnüsse. Man darf seine Mahlzeit mitbringen, von gegenüber die Pizza. Wichtiger ist, welcher Spieler aufgestellt wird, wer verletzt ist. Man lernt internationale Namen buchstabieren und aussprechen, wo die Betonung bei Dembele liegt, lag, muss man leider sagen, weil der für uns zu teuer war. Oder Yarmolenko, Piszczek (!). Geht es gegen Schalke, musst du deinen Platz verteidigen, so voll ist es. Und die Stimmung bombig beim Sieg. „Erst hatten die Blauen Pech, dann kam unser Glück dazu“. Oder war es umgekehrt? Natürlich ist gewinnen schöner, aber das Spiel überhaupt gemeinsam zu erleben, das schönste. „Wir haben gekämpft und gefightet“, sagt der Kapitän. Wir auch!
PS: Ein Spiel dauert natürlich länger als 90 Minuten und wichtig ist auch neben dem Platz. Das haben wir oft genug erfahren.

TK

G

GAU
oder Oberhammergau. Der größte anzunehmende Unfall wäre es, wenn der Bergbau sich weiter durch unsere Erde fräße. Der kleinste abzunehmende Unfall ist, wenn ein Sack Reißzwecken umfällt. Egal wo. TK

GEDENKBLATT 1
(Grimberg 3/4)

Neben der Autobahn Pappelreihn
grüner Förderturm über dem Schacht
Zeitalter tief
zu den Sümpfen, Baumfarnen, Riesenlibellen, dem Sand
den Brandungen, wenn das Meer hereinbricht

hier liegen Abraham und Ahrens und die andern
von A bis Zackerzewski, Zellner, Zeuner eines Morgens
vom Frühstück von den Küchentischen aufgestanden
hinausgegangen und hinabgefahren
im Gestein JK

Anmerkung: Auf der Zeche Grimberg 3/4 starben im Februar 1946 bei einer Schlagwetterexplosion 405 Bergleute. Die meisten konnten nicht geborgen werden.

GEDENKBLATT 3
(Grimberg 3/4)

Immer die eine
fröstelnd im Kopftuch
dreht das Gesicht weg
zwischen Soldaten, den Wartenden
vor dem Schlagbaum der Grube
dem verbogenen Fördergerüst
in Fox‘ Tönender Wochenschau

immer die Fahrräder
aufgereiht unter dem Blechdach
immer die Bündel schwarz
auf den Tragen am Boden
Männer taumelnd ins Freie

unter dem schweren Atemgerät
in Fox‘ Tönender Wochenschau

immer die Stimme des Sprechers, die Geigen
immer der Trupp, der sich aufmacht
immer die andern, die unsichtbar bleiben
hinter den Bildern, im Dunkel
wenn die Bilder verlöschen
und der Hauptfilm beginnt
hinter Fox‘ Tönender Wochenschau JK

Gedinge

Ausgedingt iss, Dingsbums. Kennt kein Schwein mehr. Nur die aus der Zeit, wo alles noch (→) grau war. DG

Gefangenenchor

1. auch Freiheitschor, „Va, pensiero, sull‘ali dorate“, berühmter Chor aus „Nabucco“, Oper (Uraufführung 1842) von Giuseppe Verdi. 2. Bergmannschor unter Tage, der singt: „Flieg, Gedanke, auf goldenen Schwingen“, solange er verschüttet ist und die Luft reicht. Manchmal verwechseln die Sänger den Text mit: „O welche Lust, in freier Luft/den Atem leicht zu heben“, was aus „Fidelio“ stammt, der einzigen Oper, auch Befreiungsoper, Beethovens. Es wird über eine teilweise phänomenale Akustik berichtet. Plattenaufnahmen sind nicht bekannt. Erst als sie gerettet und wieder an der frischen Luft waren, wurden Danklieder und -gebete aufgenommen. Die Aufnahmen sind leider verschollen. TK

Geiselnahme

Parzelle für Parzelle
Nehmen die Zwerge
Auch in diesem Frühjahr
Die Gärten wieder
Als Geisel

Kleine Könige
Die eitel den Jahreszeiten
Trotzen

Vergraben
In dunkler Erde
Aller Welten Versäumnisse
Und
Das Rätsel des Lebens^. TT

Geräusche

unter Tage, Rattern (→ Abbauhammer) in unterschiedlichem Rhythmus, Schnarren, Schnurpfeifen, Knattern, Scheppern, Klacken, Zischen, Klickern, Krachen, Grollen, Poltern, Donnern, Flattern, Klopfen, Klabustern (→ Klabusterbeeren), Hämmern, Tackern, Prasseln, Schnarren, Knallen, leises Pfeifen, das nur in den Pausen zu hören ist und aus den Isolierkannen strömt wie Gas, es erinnert an Mäuse, die gemolken werden, zwischendurch Schmatzen und Schlucken, Schweigen, das hier unter sehr laut sein kann. TK

Gerichtsmediziner
Arzt, der zubereitetes Essen (Gericht) medikamentös begleitet und unterstützt. Derartige Tätigkeiten sind in Verruf geraten, die zugeführten Medikamente und ihre Bestandteile müssen zunehmend detailliert aufgelistet werden. CH

Gerüche
Wird oft mit der Gerüchteküche verwechselt. Hat eher mit folgendem Dialog zu tun, der kürzlich in diesem (→) Revier stattfand:
Schnuppern Sie mal!
(Angesprochener macht Schnuppergeräusche und zieht Nase kraus)
Und? Was riechen Sie?
Da ist was.
Ja ...
Irgendwas ist da.
Und was?
(Angesprochener verzieht Gesicht) Es ist schwarz.
Schwarz ist kein Geruch, Mann!
Ich finde schon. Das Schwarze unter den Nägeln.
Bäh! Was sind Sie denn für einer?
Ich bin von (→) hier
(Gespräch stockt) DG

Gesäßleder
für den Bergbau (Arschleder). DIN 23307 : 2009-06. Ersatz für die alte Norm 23307 :1990-12. Vor allem wegen Schutz des Gesäßes und der Kleidung. Deshalb: Ist das Arschleder verschlissen, hast du schon verschissen. Aber was hilft noch das Wissen? HUH

Gesamtmächtigkeit
Magerkohle 2,6 m
Eßkohle 4,9 m
Gasflammkohle 6,6 m
Flammkohle 6,9 m
Gaskohle 14,0 m
Fettkohle 24,4 m SW

Geh!
Werk schafft' s schon, ohne dich zu schließen. 13. 10.1967: Großdemo in Dort-

mund, 15.000 Menschen gegen die Schließung der Zeche Hansa in Huckarde. Der Staat zahlte Stilllegungsprämien. TK

Gewerkschaft

Die *bergrechtliche Gewerkschaft* nach preußischem Bergrecht von 1864: eine Personenvereinigung zur Nutzung von Bergwerkseigentum. Begründet auf dem Interesse an der *Ausbeute.* Noch hält man Kuxe statt Aktien, ist aber schon auf dem Weg zur Kapitalgesellschaft auf Aktien. Und die staatliche Oberaufsicht, die Bergbehörde, lässt den Gewerken zunehmend freie Hand.

Die Bergleute gründen 1889 ihre *Gewerkschaft. Knappenvereine* erheben zuvor sozialpolitische Forderungen, nach Mitversicherung der Angehörigen in der Knappschaft, nach freier Arztwahl, freier Wahl der Knappschaftsältesten. 1889 wird auf 127 von 170 Zechen im Ruhrgebiet für umfassendere Interessen gestreikt: Es geht nun auch um Lohn und Arbeitszeit, um solidarische Gegenwehr gegen *Ausbeutung* auf dem freien Markt. Aber die Bergleute sind *kreuzbrave Leut'* und vertrauen noch auf die Obrigkeit. Drei Kaiserdelegierte werden von Wilhelm dem II. empfangen. Die staatlichen Behörden drängen darauf. Es scheint ihnen unumgänglich. Die Unternehmer machen jedoch nur begrenzte Zugeständnisse - bei Lohn und Arbeitszeit. Aber der große Streik ist ein Aufbruch: einige Liberale „Errungenschaften" zum Berggesetz werden 1892 durch eine Novelle modifiziert. Und mit dem *Alten Verband* wachsen neben der christlichen Tradition Anfänge einer neuen, sozialdemokratischen.

Heute, nach der letzten Zechenschließung bleiben die Menschen, weiterhin in ihren Zechensiedlungen und es bleibt die Knappschaft. Was wieder droht, sind neue liberale „Errungenschaften", heute in Reformen umbenannt. Und was wächst, in neuen Branchen, sind gewerkschaftlich weiße Flächen. Gebraucht würde mal wieder solidarische Gegenwehr. HM

Gleiche Chancen für alle

Politikersprech, Utopie, → Blühende Landschaften. Nach wie vor gibt es Gläubige dieser Richtung. DG

Gleichung

Je höher die Ausgaben - je höher das Wasser.

Auf 17 Milliarden habe sich das Vermögen der RAG-Stiftung angehäuft, wird berichtet*. Und dass die geplanten 220 Millionen Euro nicht ausreichen werden, die laufenden Kosten zu decken, denn sie werden etwa 300 Millionen Euro betragen.

Also soll das Grubenwasser stärker ansteigen – bis uns das Wasser eines Tages bis zum Halse steht.

(Ewigkeitskosten + X) * (Grubenwasser + Y) = Exitus

*basierend auf einer Meldung von RP-online am 6.6.2019, inhaltsgleich mit einer Nachricht des WDR. HUH

Glück
„Glüü---ck ab, glüü-ck ab! Dee---r Steiger geht."
Und er trägt kein Licht durch die Nacht. Er ist nackt, nur der Helm bedeckt etwas von ihm, das er schamhaft versteckt, einen halben Schädel. Der Helm ist kahl, keine Lampe. „Glüh auf, glüh auf", ruft er. Aber es nutzt nichts. Nur die Augen der Grubenkatze kratzen an der künstlichen Nacht, brennen Löcher hinein. „Nackt sind alle Katzen rau", flüstert er, „rau wie meine Zunge. Wie Zichten ohne." Etwas zischt. In seiner Hand erlöschen die Lichter. Das bringt Unglück, eine Katze zu blenden, weiß er und zieht den Kopf ein. Der Helm, schmutzgelb, steht in der Luft wie der vergessene Heiligenschein von Barbara, seiner Frau. Wer putzt jetzt zweimal die Woche den Flur? Das ist ihr letzter Gedanke. Was werden die Nachbarn denken? Nichts, sie sind doof, wie alle hier. Bringt nichts. Das Glück ist aufgebraucht. In der Zeitung steht: aufgebracht.. TK

Gott
1. jenes höhere Wesen, das wir verehren (nach Heinrich Böll in „Dr. Murkes gesammeltes Schweigen"); 2. Wesen, an dem nur Libuda vorbeigekommen ist und bei dem er nach einem wunderbaren linksrechtslinks Dribbling und einer angetauschten Flanke eine Bude gemacht und damit das Auswärts-Derby Himmel gegen Erde für seine Mannschaft knapp gewonnen hat. Sein Trikot trug die Farben schwarzgelb und nicht weißviolett. (→ auch: Gottes Willen). TK

Gottebenbildlichkeit
Dt. Bez. für Imago Dei, bezieht sich auf 1.Moses 1,26, wonach der Mensch Ebenbild Gottes ist, was man sich schwer vorstellen kann, sieht man Fotos von aufgefahrenen Bergleuten. Kamen sie aus der Hölle? In den Himmel? Oder war es umgekehrt? Sieht Gott den Menschen ähnlich? Das sieht ihm ähnlich, dass wir darüber grübeln und die Bibel auslegen. TK

Gottes Willen
Oft mit der Silbe „um" davor gebraucht, Ausruf des Erstaunens, Schreckens, Wunderns, mit dem man den eigenen Schreck sowohl ausdrückt als auch zu bannen versucht. Manchmal auch als Himmels Willen bezeichnet, woraus sich die Frage ergibt, ob Gott und Himmel dasselbe sind. TK

Gottseibeiuns
Anderes Wort für ....., den man nicht aussprechen darf (→ abtäufeln). TK

Glückauf-
enthaltsqualität, die oft eine Qual ist. Plätze werden umgestaltet, mit Bänken, Steinplatten aus China, Bäumen und Baumscheiben drum rum. Und – wir halten uns gern auf, gegenseitig die Mäntel und gehen schnell weiter, weil wir uns nicht länger aufhalten wollen, solange, bis wir vollständig nackt dastehen. TK

Gondeln

Woanders: góndola. Man gondelt durch die Gegend, zum Beispiel (→) Arbeitslose, weil sie nichts zu tun haben, weil sie zum AA oder (→) Job Center konsultiert wurden. Man gondelt mit den Öffentlichen oder ganz privat (sofern man ein eigenes Auto besitzt). Sogar durch die Lüfte kann man gondeln – (→ Bild), wobei der Schein trügt. Das kann auch ein Einheimischer bestätigen. DG

Grau

Keine Farbe. Das Gegenteil von (→) Blühenden Landschaften. Es macht sich besser auf Fotos, weniger da, wo man lebt, wie hier im (→) Revier. Früher war alles grau und alle Menschen und Katzen gleich, besonders nachts. Grau steht für (→) Gleiche Chancen für alle. Kann auch Sehnsucht, (→) Nostalgie ausdrücken. DG

Grube

In die Grube fahren = sterben. So schlimm wird es schon nicht werden. Also: in die Grube fahren = bequem an den Arbeitsplatz gebracht werden. TK

Grubenlampe

Eine Lampe, damit man die Dunkelheit sieht. HUH

Grubenpferd

1. Grubenpferd oder Spalier für Oskar

Einst frei geboren, unter blauem Himmel mit anderen Pferden auf saftigen Weiden grasend, kam Oskar in jungen Jahren in den Bergbau. Er war gerade vier Jahre, als er von einem Pferdeverleiher für diese Arbeit abgegeben wurde. Von da an verlief sein Leben anders.

Oskar war klein, stämmig, voller Saft und Kraft, gutmütig und geduldig, also richtig, um unter der Erde mit Kohle beladene Wagen zu ziehen.

Verängstigt wurde er in einen engen Förderkorb gepresst und tief unter die Erdoberfläche gebracht, wo ihn von da an Dunkelheit umgab, wo es keinen Tag und keine Nacht gab, wo künstliches Licht schien, wo es laut und staubig war und wo er schwere Hunte, auch Teckel oder Loren genannt, ziehen musste, in jungen Jahren oft angetrieben mit der Gerte oder der Peitsche, weil er sich sträubte, bis er sich in sein Schicksal ergab.

Wie schwer und hart war die Arbeit für Menschen. Wie viel schwerer mochte sie für Oskar sein?

Nach getaner Arbeit stiegen die Menschen in den Förderkorb, der sie nach oben holte, an die frische Luft, in die Sonne, in den Regen, in den Schnee.

Und Oskar? Er lebte in ständiger Nacht.

Zunächst war er nicht allein. Fünf andere Pferde waren mit ihm in einem größeren Stollenbereich eingestallt. In letzter Zeit wurde ihre Zahl weniger, bis nur er noch übrig war.

Sein sicherer Hort in Freiheit war die Herde. Hier unten war er allein.

Sein Überleben in Freiheit ist Flucht. Kann er hier flüchten?

Oskar war fünfzehn Jahre, als er zum letzten Mal mit dem Förderkorb nach oben

fuhr.
Es regnete leicht. Oskar hatte einen Augenschutz am Kopf, damit seine Augen sich langsam an das Tageslicht gewöhnten. Jetzt sah man, dass Oskar in seinem Fell an verschiedenen Stellen grau geworden war. Das Fell war dünn. Er hatte durch zugige Luft unter Erkältungen gelitten, seine Augen waren durch den Kohlenstaub öfter entzündet gewesen, viele Verletzungen hatte er überstanden. Davon zeugten die Narben in seinem Fell.

Auf dem Weg zum Transporter, der Oskar zu einem Bauern auf die Weide bringen würde, standen viele Kumpel in zwei Reihen Spalier. Die, mit denen Oskar seine letzte Frühschicht gemacht hatte, mit kohleschwarzen Gesichtern, aus denen fremdartig hell ihre Augen leuchteten. Kumpel von der Mittagsschicht waren extra früher gekommen, um Oskar die letzte Ehre zu erweisen, und Männer der kommenden Nachtschicht hatten sich eingefunden, um das letzte Grubenpferd dieser Zeche, ihren langjährigen Kumpel auf vier Beinen, zu verabschieden.
Jeder von ihnen hatte im Laufe der Jahre ein Leckerchen für ihn gehabt, Apfelstücke, Möhren, trockenes hartes Brot, Zuckerstücke. Oskar hatte diese Zugaben genossen.
Dem einen oder anderen standen Tränen in den Augen. Oskar würde sein Gnadenbrot erhalten. Dafür hatte die Zechenleitung gesorgt. Eine Ära ging zu Ende. Wie würde ihm zumute sein, wenn seine Augen an das Tageslicht gewöhnt waren, wenn er die weite und bunte Welt sehen würde, wenn er jeden Tag frische Luft in seine Lunge einsaugte? Der Gedanke daran machte die Kumpel froh. Als Robert, Oskars Betreuer, ihn durch die langen Reihen führte, erklang gedämpfter Beifall.
„Glück auf, Kumpel Oskar." „Leb wohl!" „Hoffentlich hast du noch ein schönes Leben", begleiteten ihn Wünsche zum Transporter.
Sie sahen ihm nach, bis der vom Zechengelände verschwunden war.

Nachwort:
Als ich 14 Jahre war, begann ich eine Lehre als Betriebsschlosser auf der Zeche Lothringen in Bochum-Gerthe. Im 3. Lehrjahr arbeitete ich ein halbes Jahr unter Tage auf der 7. Sohle, in 900 Meter Tiefe. Ich komme aus einer Bergarbeiterfamilie, Vater, Großväter und Onkel verdienten hier ihren Lebensunterhalt. Ich war neugierig, wollte wissen, wie sie ihr Geld verdienen mussten. Zur gleichen Zeit gab es auf der Zeche den Schimmelwallach Seppel. Er war 1966 Deutschlands letztes Grubenpferd. Ich wusste es von meinem Vater, habe Seppel aber nie kennengelernt. Vor allem ihm, aber auch allen anderen Grubenpferden, ist diese erfundene Geschichte gewidmet. KB/RB

2. Grubenpferd
„Im Herbst", Erzählung von Alistair MacLeod in: Alistair Mac Leod, Die Insel, Berlin 2003. Fast eine Art Dreiecksgeschichte zwischen einem Mann, seinem Grubenpferd und seiner Frau. Das Ganze verläuft zu Ungunsten des Grubenpferdes. CH

Grubenpferdetraining

Eine solide Grundausbildung ist unerlässliche Voraussetzung, damit ein Grubenpferd auf welcher Zeche auch immer seine volle Leistungsfähigkeit erreichen kann. Wir müssen ihm dabei helfen mit Bahrpeitsche, Belohnung, Dressurgerte, Futterumstellung, Gurtendruck, Halfter, Kappzaum, Nachschwitzen lassen, Olivenkopftrense, Schenkelgehorsamsverlangen, Schenkelhilfe, Scheren, Frisieren und Einflechten von bunten Bändern, Schwerpunktverlagerung, Streichkappen, Traben an der Hand, Wassertrense und Wurmkur (mindestens einmal wöchentlich müssen die Kotablagerungen aus den Strecken und Stollen entfernt werden!). Ein Turnier ist eine ausgezeichnete Schule für unser Grubenpferd, denn es lernt dort, sich in Gesellschaft fremder Pferde, Bergleute und Kohlenloren auf seine Aufgabe zu konzentrieren. TK

Grubenunglücke, die schwersten

26. April 1942 in Benxi, Liaoning Provinz, China 1549 Tote
10. März 1906 in Courrières, Département Pas-de-Calais, Nordfrankreich 1099 Tote
09. November 1963 auf der Miike Mine, Omuta, Fukuoka, Japan 458 Tote
20. Februar 1946 auf der Zeche Grimberg 3/4 in Bergkamen 405 Tote SW

H

HahaHeimat

Wie Hitzewellen wie Sauberkeit

Ich steige in die Badewanne, dümple im heißen, dampfenden Wasser mit Latschenkieferschaum um die Knie und vor der Scham, schlürfe Glühwein, aus Badener Rotwein gebraut, höre von Bach die Goldbergvariationen, schlafe fast ein, das Buch fällt beinahe aus meinen schlaffen, aufgequollenen Fingern ins Wasser, ich blättre um, lese Hesses Gedicht über Nebel, in dem es seltsam ist zu wandern, träge blättre ich weiter, starre in Seiten, ins Wasser, in Seifenblasen, die sich auflösen, in nichts, vergesse, irgendwann einmal aus dem Wasser zu steigen. Hinterher werde ich eine Erkältung haben.

PS: Früher wurde anders gebadet. TK

Halde

„Halt mal die Klappe."

„Alles klar. So richtig?"

„O.K."

Die Klappe wird vor die Szene gehalten, zusammengeklappt, dass ein deutlich hörbares Klappgeräusch zu vernehmen ist.

„Letzte Zeche, eins, die erste!"

„Ton läuft!"

„Kamera läuft!"

„Und...Action!"

Ein startendes Motorflugzeug fliegt laut durch den Ausschnitt des Himmels, während Bergleute mit verkohlten Gesichtern grinsend auf die Kamera zulaufen.

„Stopp! Alles auf Ausgang und nochmal."

„Klappe!"

„Letzte Zeche, eins, die zweite!"

Die Bergleute laufen auf die Kamera zu. Man hört das Flugzeug zurückkommen, sein Motorgeräusch schwillt an.

„Stopp, stopp, stopp!"

„Letzte Zeche, eins, die dritte!" TK

Handklatsche Deutschland

Es ist wieder so weit: Fußballweltmeisterschaft und wir wollen den Titel (verteidigen). Decken uns mit Artikeln ein, Fähnchen, jedweden Gegenständen in Schwarzweißrot, denn wir sind wieder wer, seit 1954 sind wir wieder wer (→ Werk und Wir), wissen nicht genau, was das heißt, fühlen uns aber wieder wohl, wie 1974, wie 1990 („Auf Jahre hinaus ist Deutschland unschlagbar", behauptete der Kaiser, den wir damals wieder hatten), wie 2014. 2006 war nur ein Märchen, nicht Wirklichkeit. Allein ein Kaiser dankte ab und ging zu Fuß zum...

Und wenn Deutschland eine Klatsche kriegt, wie Bras lien? Nicht auszudenken! Wohin mit all dem Schrott in Schwarzweißrot? TK

Hauer
1. der Hauer oder auch Häuer, Berufsbezeichnung für einen Bergmann, der Bodenschätze und Gestein „heraushaut". 2. hervorstehende Zähne des Keilers (männliches Wildschein), im übertragenen Sinne hervorstehende Zähne eines Menschen. 3. Bezeichnung für eine Person, die mit der linken oder rechten Hand eine auf die gewaltsame Berührung einer anderen Person ausgerichtete Bewegung ausführt, „haut". CH

Helm
1. Helm ab zum Gebet! Militärischer Befehl, auf der Stelle („Rührt euch! Stehen Sie bequem!") gläubig zu sein. 2. Helm auf! Die gebotene Handbewegung von PolitikerInnen, wenn sie in den Schacht einfahren, um die Leute zu beruhigen, dass dieser Schacht nicht stillgelegt wird. Zumindest solange sie drin sind. So Willy Brandt 1974, Helmut Schmidt 1975, Johannes Rau 1985, Gerhard Schröder 1995, Rudolf Scharping 1996, Peer Steinbrück 2002, Franz Müntefering 2003, Hubertus Heil 2006, Frank Walter Steinmeier 2009, Michael Groschek 2012, Hannelore Kraft 2015. Lächelnd verrußte Gesichter tauchen aus der Tiefe auf, blinzeln ins Licht. Lächerliche Gesichter. Ich glaub, die wurden schwarz geschminkt, dat se auch ma nache Maloche aussehn. Wenn sie die Wahl verloren hatten, kamen sie nicht wieder. TK

Henkelmann
→ auch Pausenspruch und Unfallstatistik

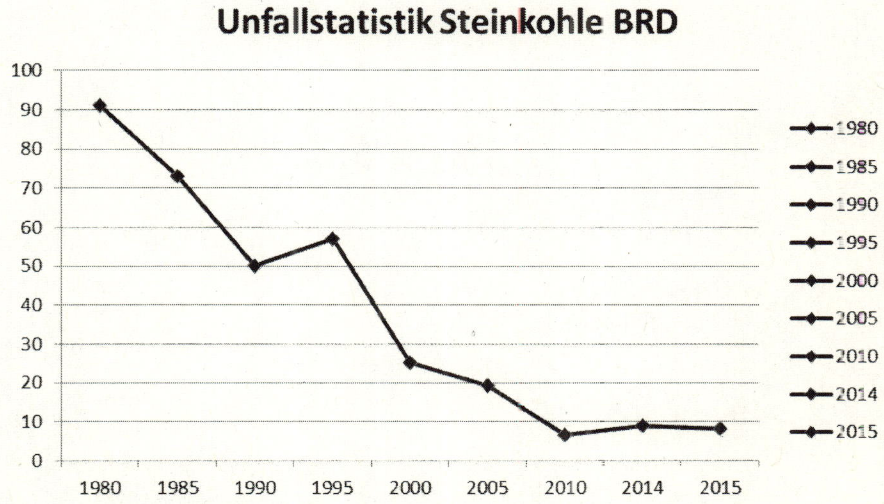

Abbildung 1, Quelle: BMWi

Pausenspruch

Am Henkelmann, am Henkelmann,
am Henkelmann ist ein Henkel dran.
Doch jeder Kumpel weiß:
Vorsicht, denn Henkelmanns Henkel ist heiß!

In den Zahlen der Unfallstatistik sind Unfälle durch Hitzeeinwirkung und Verbrühungen im Umgang mit Henkelmännern nicht berücksichtigt. HUH

Herz der Finsternis

Berühmte Erzählung von Joseph C. (1899), vielleicht seine berühmteste, in der er beschreibt, wie das Herz eines Bergmanns, seinen baldigen Tod unter Tage im Voraus spürend, allmählich die Farbe seiner Umgebung annimmt. Gelungenes Beispiel für Mimese. CH

Hinterbliebene

Die Stollen, Schächte, Querschläge, Strecken und Nebenstrecken füllen sich einsam und allein mit Flüssigkeiten. TK

Hier

Philosophischer Ort, an dem nur das zählt. Das Hier ist immer auch das Sein und zugleich, bzw. zeitgleich, das Hiersein. DG

Hoppe Hoppe Steiger

Hoppe Hoppe Steiger
Wenn er fällt dann schreit er

Fällt er in den Bunker
Kriegt er Stunk mit´m Funker

Fällt er auf den Hauer
wird der zurecht sauer

Fällt er in den Wetterschacht
wird es plötzlich finstre Nacht

Fällt er auf die Dieselkatze
hat er Beulen auf der Glatze

Fällt er auf die Königswelle
kriegt die Glatze eine Delle

Fällt er von seinem Grubenpferd
ist er es, der die Grube kehrt

Fällt er auf den Witwenmacher
erntet er des Kumpels Lacher

Fällt er auf den Schrägradscheider
100 Augen, 50 Neider

Fällt er auf die Hierarchie
kriegt er Ärger wie noch nie

Fällt er in den Graben
fressen ihn die Raben

Fällt er in den Tagesbruch
wars das mit dem Steiger, huch! SW

Hörder Phoenix

Merkwürdig: ein Froschkönig in Hörde? Alle Welt kennt ihn aus den Grimmschen Märchen. Auch ich. Und dann das: Mir sprang er aus einem der Wasserbecken an der Konrad-Zuse-Straße auf die Hand. Auf Phoenix-West an einem denkwürdigen Ort: zwischen dem Hüttenmann und dem Hochofen V. Und im Kulturhauptstadtjahr 2010, als sich fast ganz Hörde gegen die auf dem Hochofen geplante Bananen-Skulptur des Kölner Künstlers Thomas Baumgärtel wehrte. Der Froschkönig schnappte nach Luft, quakte und wies mehrfach auf seine goldene Krone hin. Bis er laut und vernehmlich uns Hördern seine zwei lyrischen Botschaften vortrug:

I
Hörder Phoenix

Geschundene der Erde,
schaut her zu uns in Hörde:
Ein Nest fest in den Klauen
des Phoenix fasst Vertrauen.

Entfachte einst sein Feuer
ein Schornstein-Ungeheuer,
da kam zu Brot und Arbeit
viel Ruß mit Gift in Wahrheit.

Der Vogel liegt im Sterben.
Wir wollen ihn beerben,
den Greif der Stahlbarone.

Wir heben seine Schwingen
und ab zu großen Dingen.

Wir tragen selbst die Krone!

II
Der Phoenixsee - uns ungeheuer lieb und teuer

Kein Warnschild noch die Hautevolee
verscherzt uns je den Phoenixsee.
Allein als Quell der Poesie
mit Scherz, Satire, Ironie
versiecht er nie ... JD

Hund
Sie Hund, du Hund! Ganz gemeine Person, möglicherweise auch tierisch. Bei manchen Gerichten hier muss man leider sagen: „Schmeckt wie Hund!" Wat solls, wir wissen, woher der Hund weht. Da kommtse auch schon angefahren: die letzte Kohlenlore nämlich, ursprünglich. Außerdem im Gebrauch: die (→) Letzte beißen die Hunde. DG

I

Ich
(→ Ich AG, bzw. O solo) 1) erster Fall Einzahl. TK

Ich interviewe einen Fördermaschinisten
Ich: „Horst, Du hast auf Prosper-Haniel als Bergmann gearbeitet. Was war Dein Job?"
Horst: „Wat ich gemacht hab'? Fördermaschinist. Dat war Maloche, ich sachet Dir."
Ich: „Was sind die Aufgaben eines Fördermaschinisten?"
Horst: „Ich musste dat Band in Gang halten. Wenn da wat kaputt war, musste ich et wacker repariern. Musse Dir so vorstellen: Da war n' Förderband, dat war über drei Kilometer lang. Damit wurde die Kohle mit Schmackes nach oben gebracht."
Ich: „Hast Du auch die Bänder bedient?"
Horst: „Ja sicher, dat gehörte dazu. Von alleine sind di Dinger ja nich' gefahrn. Dat is' ja nicht wie heute mit Dikitalisierung, wo alles automatisch is'."
Ich: „Konnte das jeder machen oder nur endsprechend ausgebildete Bergleute?"
Horst: „Dat dat jeder machen kann, is Kappes. Dat musse können. Wenne tüddelich wars, hamse dich nich' genommen. N' Dadderich durftes se auch nich' haben"
Ich: „Warst Du im Schichtdienst?"
Horst: „Tach und Nacht, sogar am Wochenende. Zuhause saß die buckelige Verwandtschaft und hat Käffken gesoffen, und ich? Meistens hat die Mudder mir n' Stücksken Appelkuchen mitgegeben. Oder n' Pott Erpelschluth. Alltags gabet ja nur Kniften"
Horst:" Am Schichtende noch n' Pülleken Pissfix, dann kannse gut ratzen."
Ich: „Habt Ihr unter Tage Alkohol getrunken?"
Horst: „Killefitt. Da gab et wat vor den Dassel. Zu Hause, wenn meine Elsbeth mich betuttelt hat gabet noch n' Pilsken."
Ich: „Danke, dass Du uns etwas aus Deinem Job erzählt hast."
Horst: „Jetz reicht et auch, sons werd ich noch ganz meschugge im Kopp." UE

Identitätskrise
Spätestens mit dem Zettel am Zeh, der Anzeige in der Zeitung, dem Kreuz wirst du wissen, wer du bist. Gewesen bist. Dann ist es zu spät. TK

Im
Randfall: Ruhr bewahren! Zur Mitte begeben und nicht versuchen, den Rand auszuweiten. Rufen Sie den Territoriumsexperten von ARD oder ZDF an. Wenn

sich niemand meldet, Lösdecke über den Kopf werfen und verschwinden. Nicht dem Karnevalsaufzug anschließen! Drücken Sie den roten Kopf für drei Sekunden und sagen langsam und ruhig Ihren Namen, den Standort und den Vorfall.

TK

Im Korb

Drei Glockenschläge
und der Boden sinkt
unter uns weg mit uns
ein in den Schacht
hinab mit den Wettern
Luftzug mit Stirnaugen
schneller im Spurlatten-Gleis
Rattern und Sausen
bis das Gehör verlischt (Mund auf!)
Lichter der ersten Sohle vorbei
nach oben gerissen

wenn jetzt das Seil riss'
würden wir leicht
im stürzenden Korb
schwebten kopfüber
kopfunter hinauf
Terranauten im Käfig
bis das Deckblech uns aufhielt
und mitnähm, hinabfegte
erdmittelpunktwärts
in den Aufprall auf diesem
geschienten schwankenden

Tragboden, der mit uns fällt
bis mit den Lichtern die letzte
Sohle heraufzieht
und wir schwer werden
im Korb, der langsamer fährt
stoppt und uns
auspendelnd abwechselnd
leicht macht und schwer macht
bis der Anschläger draußen
die Gittertür aufreißt
und wir aussteigen können

JK

Imaginäre Zahlen

Nur in der Vorstellung bestehend, trotzdem wird mit ihnen gern gerechnet, z. B. bei Arbeitslosenstatistiken, Produktionszahlen, Steigerungsraten, Lohnerhöhungen, Aussichten auf (→) blühende Landschaften.

TK

Ins Bergfreie fallen

Die Arbeit unter Tage ist hart und gefährlich. (→Tod im Bergbau) Immerhin die > ‚Unfallstatistik' zeigt: es hat sich was getan. Und dass einer sozial ins Bergfreie fällt, war seit der Montanmitbestimmung sprichwörtlich ausgeschlossen. Trotz Bergbaukrise also ein hohes Maß an sozialer Sicherheit. Die IG Bergbau und Energie stand dafür – und der heilsame Zwang zum Kompromiss, den die paritätische Mitbestimmung erzwungen hat. In den Worten eines Gewerkschafters: Seit hundert Jahren waren wir immer eine defensive Organisation, aber wenn Mitbestimmung defensiv was leistet, ist das doch unendlich viel! In der Defensive erfolgreich, das ist ein Erfolg. Stimmt!

Gegen den erbitterten Widerstand der Bergbauunternehmer wurde die Montanmitbestimmung 1951 von der Bundesregierung beschlossen. Der Druck der Beschäftigten im Ruhrgebiet war zu groß. Die paritätische Mitbestimmung wurde nicht, wie mit dem Gesetz 27 damals vorgesehen, in der Stahlindustrie geschwächt. Sie wurde vielmehr auch auf den Bergbau ausgeweitet. Wenn es an der Ruhr brennt, hat der Rhein nicht genug Wasser, um die Flammen zu löschen, soll Konrad Adenauer gesagt haben.

Doch nun ist die Kohlezeit zu Ende gegangen - gegen den Klimawandel, der immer rascher kommt, eher zu spät. Offensiv wurde und wird wohl noch immer zu wenig nachgedacht. Aber von wem? Von der Politik, den Wirtschaftseliten, der Gewerkschaft oder doch von uns allen? ‚Nach uns die Sintflut'? Zu verhindern, dass Millionen absaufen, wenn die angekündigte Klimakatastrophe kommt, wird jedenfalls schwerer als zu vermeiden, dass einige ins Bergfreie fallen. HM

J

Job-Center

Billigversion vom Arbeitsamt. Es werden Nummern geschoben, nichts wird mehr ernst genommen, Anstalt ohne Zukunft. Im Winter möglicher Aufenthaltsort für Bürger, die sich keine Heizung leisten können. DG

Jubiläumsuhren

Der Grubenwehr
Dem Kumpel

Unikat aus Kohle
Unikat als Taschenuhr

Ruhrpottnostalgie
Touristensouvenir

Jubiläumsuhr mit Schlägel
und Eisen oder Kreuz

Jubiläumsuhren

Für 50 Jahre Treue
Für Oppa, Vatta, Sohn

Jede Menge Jubiläumsuhren
Sind schon in Enkels Hand

Für irgendein Museum
Für Ebay
Oder für den Trödelmarkt TT

K

Kade
Jetzt günstig bestellen. Arg Kaden, Bausatz in tausend Teilen. Basteln Sie sich Ihr eigenes Zuhause. Hält höchstens 4 Jahre. Garantiert einsturzgefährdet. Wie Weg, Pfad, Sackgasse. Wie Dreck, Schmutz, Staub. Wie ein Dorf. Wie ich. Wie.
TK

Nachtrag zu Kade
ein Thomas, Schöpfer von Wörtern, die im deutschen Wortschatz gefehlt haben (Beispiel: dabbeln, rüppeln – → Rüpel –, britschigagacheln; auch wenn das Schweinkram ist, unbedingt merken). DG

Kanarienvögel
dienten den Bergleuten als Lebensversicherung vor trüber Stimmung, da diese aufgrund der hohen Stoffwechselrate besonders empfindlich auf vorhandenes Kohlenmonoxid CO reagieren und fröhliche Lieder zwitschern. (→ Tiere unter Tage). SW

Kapelle
Welche ist denn nun gemeint? Das ist kein Teekesselchen, das ist Ernst. Wahrscheinlich beide. Die Kapelle spielt Trauermärsche in der Trauerkapelle. Niemand marschiert im richtigen Schritt mit. TK

Karte, bzw. Ab-Karten
Erst sehen wir:
Duisburg Essen Bochum Dortmund

wir zoomen ran und sehen dann:
Duisburg Oberhausen Mühlheim Bottrop Essen Gelsenkirchen Bochum Herne Dortmund Unna Hamm

wir zoomen ran und sehen dann:
Sterkrade Osterfeld Borbeck Rüttenscheid Kray Bismarck Steele Wattenscheid Wanne-Eickel Weitmar Sodingen Werne Langendreer Sodingen Mengede Huckarde Hombruch Hörde Eving Derne

wir zoomen ran und sehen dann:
Butendorf Boy Brauck Welheim Karnap Horst Heßler Erle Schalke Feldmark Bulmke-Hüllen Baukau Riemke Grullbad Horsthausen Börnig Bladenhorst Brechten Brambauer Scharnhorst Hullen Menglinghausen Horstmar Kurl Beckinghausen Weddinghofen Pelkum Rünthe Herringen Suderwich Röllinghausen Resse Hassel Westerholt Zweckel Kirchhellen Eigen Klosterhardt Fuhlenbrock Baten-

brock Lehmkuhle

Wo möchtest du begraben sein?
Mir fällts nicht ein.
Das kommt ganz auf die Preise an.
Wir suchen raus und rufen an:
Bestattungsunternehmer im Ruhrgebiet und zum Vergleich bundesweit.

(Wenn ich's recht bedenke, war ich da schon überall.
Begraben. Am Arbeiten. Am Leben. Am Arsch.) TK

Kein Kinderspiel

Dunkel ringsumher. Später der schwache Schein einer Lampe. Der Schein wird heller, verändert unruhig die Richtung, hierin, dorthin, wieder zurück, bis er, wie ein unbestimmter Blick irgendwohin zielt. Der Atem eines Menschen. Unsicherheit, Überraschung, Verwunderung, vielleicht Angst; all das schwingt im leisen Geräusch des Luftholens und des Ausstoßens mit.
Plötzlich eine Stimme:
„ Wer ist da?
...
Ist da wer?
...
Wenn da jemand ist, dann zeige dich.
...
Komm schon, ich weiß doch, dass du da bist. Es gibt keinen Grund, Verstecken zu spielen....
Ich warte.
...
Ich warte immer noch.
...
Ich zähle jetzt bis 10, danach komme ich. Ich weiß ja, wo du dich versteckst.
Ist doch keine Frage.
...
Ich fange jetzt an.
eins.
...
zwei...
...
drei
...
vier
....
fünf
...
sechs

...
sieben
...
acht
...
neun
...
...
...
Das ist jetzt deine letzte Chance.
Wenn du nicht kommst, schließe ich das Tor.
Dann bleibst du da und ich bleibe hier.
Dann werden wir uns wohl niemals sehen.
...
Das wäre doch schade.
...
Verstehst du?
...
Dann bleibst du allein.
Und ich bleibe allein.
Wer weiß, wie lange.
Nach oben will ich nicht mehr.
Dafür ist das alles schon zu lange her.
Offensichtlich vermisst mich niemand mehr.
Falls mich überhaupt jemand vermisst hat.
Da war niemand. Und da ist niemand.
...
Wer wird schon vermisst, der nicht mehr gebraucht wird?
Ich vermisse niemanden.
...
Also, zeige dich oder...
...
Zehn!
...
Dann nicht.
...
enttäuscht und kaum hörbar
Schade.

Irgendetwas schleift scheppernd. Hässliche Geräusche, die sich in der Stille und im Dunkel verstärken und zu wiederholen scheinen. Der Lichtschein wird immer schmaler, immer schwächer, bis er erlischt.
Dann ein Schlag, als sei ein Tor geschlossen worden. Fortan Stille.

Anmerkung: Ich wohnte in Bochum. Mein Vater war Bergmann. Er fuhr in die Zeche „Carolinenglück“ ein. Die Zeche wurde am 31.5.1964 geschlossen. HUH

Kesselhaus
Dampf im Kessel. Am alten Kesselhaus der Zeche Zollern in Dortmund Bövinghausen kann man schön die verglaste Front erkennen. Bei einer Verpuffung aus dem Kessel bersten die Scheiben, das K. bleibt stehen und kann neu beglast werden. SW

Kirmes
1. Beziehungsanbahnungsinstitut 2. Mutprobenparcours TK

Klabusterbeeren
Kotrückstände; entstanden durch mangelnde Hygiene des verlängerten Rückens. TT

Kleinanzeigen
Nummer 1
Motivierte Mitarbeiterin
auch ohne Vorkenntnisse
zuverlässig, flexibel
kommunikative Quereinsteigerin
mit Bildungsgutschein
in Früh- und Spätschicht
steuerpflichtig
auch Nachtschicht
steuerpflichtig
mit Aufstiegsperspektive
für renommiertes
Dominainstitut gesucht.

Anfängerin angenehm.
Voraussetzung
fließend deutsch (tierlieb).

Telefonische Bewerbung zwingend erforderlich (mit Bild)

Nummer 2
Selbstgeschriebene Gedichte und Gedanken
selbstgemalte Bilder und Ideen
an Selbstabholer
zu verschenken

Nummer 3
Gute Fee für 2-Personenhaushalt im Reihenhaus gesucht.
Kochen, putzen, waschen, bügeln, einkaufen
2-3 Stunden in der Woche

auf Minijobbasis
in angenehmer Atmosphäre CE

Kleiner Junge
Als ich ein kleiner Junge war

rauchten Schlote
drehten Förderräder
dampften Züge
gab es Kohle im ganzen Land

Männer mit schwarzen Gesichtern
kamen nach Hause
um ihren Familien
den Lohn der Angst und des Schweißes
zu bringen

Ihr Wort war ein Vertrag
ihre Anrede nicht Herr
sondern Kumpel
ihren Durst
löschte helles Bier
den Hunger
stillten Speck und Brot

Sie sind gegangen
und mit ihnen
ihre Welt
Was blieb?
Ein Bild
Erinnerung
an eine andere Zeit RB

Knappschaft
Ein Bergmann berichtet: *Wenn es um die Knappschaft geht, da fühlen sich alle betroffen. Und wo es hier 1991 um die Knappschaft ging, da hatten wir in Hamm in drei Tagen eine Demonstration von 15.000 Leuten. – In anderthalb Tagen*, erwidert ein zweiter: *da war noch das Wochenende dazwischen. Also das Losungswort gilt noch*: *‚Du kannst denen alles wegnehmen. Vielleicht, vielleicht sogar die Frau, aber nicht die Knappschaft.“* HM

Kohle
Koks, Kokolores, wie K.o., Penunse, Moos, Pinkepinke, Mäuse, Ratten, letzte Raten, wie Miese, nichts auffem Konto wie aus Ende vorbei, vor Kopf Schulden, wie Kohlgeruch, Gestank, Staub, Kot, Scheiße am Bein, am Fuß, Pimperlinge, Steine, Kies, Zaster, Moneten, keine Moneten, Kurzurlaub auf dem Balkon, Mücken, Zecken, Zechen, Kröten, Flöhe, Möpse (→ Atombusen), Eier, Pieper, Pulver, Emmchen, Blech, Tränenblech, Blecknapf, Draht, auf dem man was isst,

wie falsches Kotelett, Zunder, Zwirn, Knöpfe, Mammon, Maxen, Blüten, Unvermögen, leere Mägen, wie Essen nicht auf Rädern, sondern in Schlangen vor Tafeln, Tellerspendern, wie Anstehen für Almosen, Abkacken, wie Kohle, Koks, K.o. TK

Kohleausstieg
nach rechts, denn links hat ihn nicht verhindert. HUH

Kohlen
heizung. Eine Tonne Briketts von der Ladefläche des Kleintransporters auf den Bürgersteig vor meine Haustür gekippt. Ich habe zwei Plastikeimer, drei Treppenstufen hoch in den Flur und fünfzehn Stufen in den Keller runter, zweimal um die Ecke und ausgeschüttet. Am Abend landet der restliche Kohlenstaub, der nicht vorher das Taschentuch schwarz verschmiert hat, aus der Nase im Waschbecken. Wie verdammt lange dauert es denn, bis das Zimmer endlich warm wird, mindestens weniger kalt. Die Hände immer zerschrammt vom Kleinmachen der Obstkisten zum Anfeuern der Kohle, aufgerissen vom Rausreißen der Drähte. TK

Kohle, wo ist die (Erste Allgemeine Verunsicherung, 1997)
Wo-Wo-Wo ist die Kohle, wo ist die Marie?
Wo ist die Kohle, ich vermisse sie!
Wo ist die Kohle, das verfluchte Geld?
Wer hat den Mann mit der Kohle abbestellt? SW

Kohlenhobel
Im Bergbau gibt's den Kohlenhobel
Er hobelt gerne Kohlen
Er schält die Kohle aus der Erd´
So wild wie junge Fohlen. SW

Kohlenwäsche
Unsortiert
Schwarzes Gold
Hier wird sortiert
Schwimmen im Becken oben
Kohlenwäsche UE

Korngröße
Feinkohle: 0-6-mm, Nuß 5: 6-10 mm, Nuß 4: 10-18 mm, Nuß 3 18-30 mm, Nuß 2: 30-50 mm, Muß 1: 50-80 mm, Stückkohle 50-150 mm SW

Kumpel
a. d. Lat. für Brotgenosse, trad. für Bergmann (→ Kumpan).

Kumpels im Kino
Unter Tage ist das Kino oft gegangen, wenn auch meistens in Kulissen gedreht wurde. Nicht so in Adolf Winkelmanns „Jede Menge Kohle“, wo die Szenen im Schacht tatsächlich vor Ort, auf der Zeche Gneisenau gedreht wurden. Dramatisch geht es hier eher über Tage zu, ganz im Gegensatz zu den meisten Filmen mit Bergsteiger-Helden im Mittelpunkt. Unter Tage lauern die explosiven Schlagenden Wetter und lassen Stollen zusammenstürzen: Anlass für dramaturgisch zugespitzte Rettungsaktionen, um die eingeschlossenen Kumpel heil wieder ans Tageslicht zu bringen. Doch es geht um mehr als nur um spannende filmische Aktion, wie einer der berühmtesten Filme zum Thema zeigt: Als im 1931 gedrehten „Kameradschaft“ von G. W. Pabst kurz nach Ende des 1. Weltkriegs deutsche Kumpel die Grenze nach Lothringen passieren, um eingeschlossene französische Kumpel zu retten, ist das ein Hochlied auf die internationale Solidarität.
Von da ist es dann nicht weit zu Bergarbeitern, die gegen Hungerlöhne oder mangelnde Sicherheitsvorkehrungen unter Tage streiken, sei das in der Hollywood-Verfilmung des englischen Weltbestsellers „So grün war mein Tal“ von 1941 oder in „Hunger in Waldenburg“ von 1929, in dem das Elend der schlesischen Bergarbeiter angeklagt wird. Bei aller unterschiedlichen Machart der Filme, von sentimental bis anklägerisch, wird immer deutlich, dass Bergarbeiter ein besonderer Menschenschlag sind, ausgesetzt den bergmännischen Gefahren unter Tage, verursacht durch die Natur, durch Schlagende Wetter, aber auch durch ausbeuterische und sicherheitsgefährdende Arbeitsverhältnisse. Das gilt für die Ära der Zechenbarone, nicht mehr für die Ruhrkohle AG. Und es bleibt den Engländern vorbehalten, über den großen Bergarbeiterstreik der achtziger Jahre gegen die Schließung fast aller Zechen durch die Regierung Thatcher 2014 mit „Pride“ einen Film zu drehen, der auf unterhaltsame Art und Weise die Solidarität zwischen streikenden Bergarbeitern und der Schwulenbewegung feiert - keine filmische Fiktion, sondern tatsächlich passiert. ES

Kunst gegen Kohle
oder war es umgekehrt, Kohle gegen Kunst? Egal! Wer gewinnt, steht noch nicht fest. 1. Spruch für die 1. Ruhrfestspiele (→ Spiel); die Besucher sollten Kohlen zum Heizen mitbringen, dafür wurde ihnen etwas vorgespielt. 2. Ein Stück Brikettkohle gegen eine Leinwand geworfen (→ Emil Schumacher und sein Museum in Hagen). Letztendlich siegt immer die Kunst („Vita brevis, ars longa“, wie schon der Lateiner...und das zweite Album der Band The Nice (1968)). Nachdem eine Zeche stillgelegt ist, wird sie nach kurzer Inkubationszeit (bei Cholera zwischen 0,5 und 4,5 Tage) in einen Kunst- und Kulturort umgewandelt. TK

kunterbuntes einerlei
schwarzer kohlenstaub
rote backsteinschlösser
graue ratten zwischen den schienen der u-bahn
schwarzer auswurf
grüne flächen zwischen schwarzrostgrau

graurot aufgeschürfte kinderknie
(weißer) atem aus schwarzer lunge
gelber mond über wanne-eickel
roter sonnenuntergangshimmel über den kokereien
schwarz krächzende krähen im geäst der parkbäume
blaue ultras vor dem spiel
graue alltagsgesichter
grünblaue emschervision
schwarzgraue aschetonnen
schwarzgelbes gewimmel vor wurst-willis bude
blaues versprechen über der ruhr
schwarzer humor
graue Straßenschluchten in Herne
grüne allee ruhrschnellweg
braune im stadtrat
schwarzgrauer schlier an den fenstern vor dem frühjahrsputz
rote gesichter beim ruhrderby
graue schiefergedeckte hausdächer
gelbe narzissen auf friedhöfen
rotblau gefrorene gesichter von obdachlosen
graues alltags-einerlei
grünbraune bierflaschen im gebüsch
blauer phönixsee
rosa blühende kirschbäume vor dem küchenfenster
gelbgold schimmerndes u auf bunt
schwarz(weiß)rotes bergmann-bier etikett am büdchen ums eck

fußball geht immer.

blauweißschwarzgelbkariert

schwarzgelb blauweiß rotweiß weißschwarzgestreift

gelbblau schwarzweiß

blauschwarz grünweiß rotschwarz schwarzweißgrün

auswärts wie einwärts

CE

Kurzarbeit
Damit fängt das Ende an (→ Schlechtwörtergeld); die ganze Gesellschaft könnte sie sich leisten, verteilt aber lieber anders, einige machen Überstunden, die anderen Kurzarbeit, bis sie entlassen werden, dann wird ihre Kurzarbeit Minijob oder 1-Euro-Job genannt. Die einen stocken ihr Häuschen auf, die anderen ihren Minilohn durch Sozialleistungen. TK

L

Latrine
1. bekanntes Kinderlied mit der Anfangszeile „Latrinen, Latrinen, Sonne Mond und Striemen“; 2. Begriff aus dem Bereich der sanitären Anlagen, WC, OO, Bedürfnisanstalt, Brille, Tante Meyer, Plumpsklo, Donnerbalken, Pissort, Pinkelbude, Abtritt, wo der Kaiser zu Fuß hingeht; (→ auch: Nachtgeschirr) 3. Buch von Andreas Okopenko „Warum sind die Latrinen so traurig?“ 4. Erinnerung: Im Chemiewerk gab es den Bremser, der per Hand und einer sinnigen Seilvorrichtung die zu befüllenden Eisenbahnwaggons an der richtigen Stelle anhielt, langsam weiter vorzog, wieder anhielt und wenn sie voll waren, ihnen einen Anstoß zum Fortrollen gab. Dieser Bremser stand zehn Stunden allein unten am Gleis, nachdem er morgens mit einer Aktentasche mit zwölf Flaschen Bier pünktlich zur Stelle war. Er trank, rollte die Waggons, pisste, während sie gefüllt wurden, an seinen Arbeitsplatz, trank und rollte und pisste. Zehn Stunden täglich, sechs Tage die Woche. Der Bremser brauchte keine Latrine, kein WC, OO und so weiter.
TK

Lebenserwartung
1. das unterschiedliche Alter, in dem Menschen sterben, arme früher, reiche später. 2. Vorstellungen und Wünsche, die jeder von seinem Leben erfüllt bekommen möchte.
TK

Letzte
1. die letzte (→) Zeche; die Letzte/ den Letzten beißen die (→) Hund(e).
2. Oder so:
Du bist echt das Letzte!
Was habbich denn jetz schon wiedda gemacht?
Mann, Mann, Mann! Keah, Keah, Keah!
Ey! Watt der schon wiedda hat.
Frag deine (→) Omma
(...) Beispiel für Anwendung im Gespräch. Das Letzte wird nicht gerne genommen.
DG
2. der oder die, muss er oder sie, wenn alle schon nach Hause gegangen sind, die Zeche (Rechnung) zahlen? Die Rechtsprechung kommt zu unterschiedlichen Ergebnissen, die nichts damit zu tun haben, ob der Herr für die Dame zahlt oder umgekehrt oder keiner oder keine mehr für niemanden oder niemandin.
TK

Die letzte Schicht

Die Glocke läutet
abwärts

Wehmut
fährt in die Grube
mit ein.

Noch ein
Augen-Blick
zur letzten Schicht.

Was kommt, wenn
die Zeche

schließt? CE

Licht
1. Mein Licht ist aus, wir gehen nach Haus, rabimmel, rabammel, rabumm. 2. Mein Licht ist an, wir gehen jetzt ran, ra, ra ran. 3. Wie liecht noch mal der Ball? Flachhalten! Bloß flachhalten. Der anschließende Eckball brachte nichts ein. TK

lit.COLOGNE
Ursprünglich zum Überdecken schlechter? Gerüche (Schwefel, Schweiß) erfunden. Zum Modeduft der Schreibindustrie geworden. Nicht unbedingt inspirierend. Kann bei falscher Benutzung zu Aggressionen führen. Nicht trinken! Darf nicht mit Augen und Schleimhäuten in Berührung kommen. DG

Lohn
1. Lohnt sich das eigentlich alles? Philosophische Frage nach dem Sinn des eigenen Lebens und Tuns. 2. Das (normalerweise) in einer unbaren oder (seltener) baren Geldsumme ausgedrückte Entgelt für eine zeitl. oder inhaltlich bestimmte, unselbstständige verrichtete Arbeit (→ Karl Marx „Das Kapital"). Der Lohn- oder Arbeitgeber setzt die Bedingungen fest, denen der Arbeitnehmer ausgesetzt ist. 3. Lohnt sich meine Arbeit eigentlich? Frage eines denkenden Arbeiters. 4. Lohn der Angst, fran. Film von G. Clouzot über den lebensgefährlichen Auftrag für 4 Arbeitslose, Sprengstoff zu transportieren. Einer überlebt den Transport, erhält die ganze Summe Lohn und verunglückt auf dem Rückweg von der Arbeit. Von Versicherung erfährt der Zuschauer nichts. TK

M

Macht euch die Erde untertan
Bibelwort, 1. Mosebuch Kapitel 1, Vers 28, häufig missverstanden als „Macht euch die Erde unter Tage“, jahrhundertelange diesbezügliche Forschungen und Experimente besonders im Ruhrgebiet führten zu keinem befriedigenden Ergebnis und wurden 2018 endgültig eingestellt. CH

Malocher
S. kam meist in Rage nach Hause. Fluchend trat er jede Schicht an, fluchend kam er wieder heim – mal morgens, mal nachmittags oder spätabends. Hinter sich dann nur noch die Tür zuschlagen – das war das einzige, was er noch wollte. Wie zu erwarten starb S. am Herzinfarkt. Ein letztes Mal brüllte er noch: „Vadammichte Hacke!!“, schleuderte ein Buch zu Boden, welches er meinte, viel besser hätte schreiben zu können – irgendeins von Günther Wallraff –, und legte sich daneben. Zuviel Wut für sein Herz.
S. hatte als Schmelzer bei Hoesch gearbeitet – ein Knochenjob, den er bei sengender Hitze verrichtete: 1500 Grad herrschten an der Eisenrinne. Trotzdem trug er auch im Hochsommer zwei Unterhemden, lange Unterhose und doppelt Socken. Der Spezialanzug wurde so heiß, dass seine Fasern in die Haut einbrannten, wenn nicht noch Tuch dazwischen lag.
Im vergeblichen Selbstkühlungsversuch stieß S. Körper pro Schicht fünf Liter Schweiß durch seine Poren. Der Flüssigkeitsverlust wurde auf dem Heimweg meist wieder wett gemacht: Ein Dutzend Kneipen zwischen Westfalenhütte und Borsigplatz – in jeder zweiten machten die Kumpel Station. Entsprechend viele Pilsken später zogen sie manchmal noch auf Scheibe zum Großmarkt. Wegen der Fernfahrer kriegte man hier zu jeder Tages- und Nachtzeit was Warmes zu essen – auch Sex, wer wollte.
Zeit für Schlaf war nach so ’ner durchzauberten Nacht selten. S. legte in solchen Fällen nur noch kurz die Beine hoch und goss eine Tasse Kaffee nach. Weiter gings. Oft mit einer richtig schlimmen Schicht, das hieß: Bruch ohne Ende. Lief es so, stand man bis zu den Knien in Schlamm und Öl, und das müde und verkatert. Aber harte Männer hielten das aus. Und egal, wie verschmiert und wie viele Brandwunden – der Lohn war gut. Und das Ansehen. Daher: Die Frauen zeigten Interesse.
Es brauchte bloß Gelegenheit, sie zu treffen. Schwierig als Schichtmalocher. Weil man zu Unzeiten frei hatte und nur ein einziges Wochenende im Monat. S. war daher nicht der einzige, der seine Frau auf Hoesch kennen lernte: Ilana putzte die Waschkaue. Alle waren hinter ihr her. Aber S. machte das Rennen. „Deen Ständer hasse dat zu verdanken“, unkten Kalle und Hein. Sie hatten mit Ilana um eine Kiste Bier gewettet, dass S. wegen ihr eine Latte kriegte, die zehn Liter tragen konnte. Die Probe folgte aufs Exempel. Ilana war beeindruckt, zu sehen,

wie S.'s Gemächt den vollen Wassereimer hochhielt.
Schon am nächsten Tag machte S. ihr einen Heiratsantrag. Bloß keine Zeit verstreichen lassen: Einen Tag später wäre Schichtwechsel gewesen, und wer weiß, welcher Kollege es noch so drauf angelegt hätte. Ilana sagte Ja, und S. war froh, dass sie nach der Heirat aufhörte bei Hoesch. Raus aus der Gefahrenzone. Was er verdiente, reichte schließlich für zwei. IR

Malufaktum
Firma, die in einem alten Zechengebäude aus roten Backsteinen im Ruhrgebiet residiert und deutschlandweit agiert und deren Werbespruch lautet: „Es gibt sie noch, die schlechten Dinge!" Wir stimmen dem vollständig und ganz zu. Zum Beispiel ist das Arschleder zu dünn, von minderer Qualität, sehr schnell durchgescheuert. Der Henkel am Henkelmann (→ Henkelmann) leitet die Hitze leicht weiter und wird heiß, während das Essen erkaltet. Das ist kein Drama! Im aktuellsten Katalog kann man ein ganzes Drahtwalzwerk erstehen. Bestell-Nr.: 1483 45772. (→ Draht und Drama). TK

Maßnahmen
In Bergkamen gibt es die Präsidentenstraße, die besteht aus kleinen, meist eingeschossigen Wohnhäusern. Parterre ehemalige Läden. Es gibt noch einen polnischen und einen türkischen Kaufmann, eine Apotheke, einen türkischen Schnellimbiss, ein marokkanisches Café, außerdem 5 (in Worten: fünf) Maßnahmeträger. Die Maßnahmeträger führen für Arbeitslose und Ausländer Maßnahmen durch, in denen sie Deutsch lernen, Bewerbungstraining machen, Stilberatung bekommen. Die Maßnahmeträger unterbieten sich gegenüber dem Arbeitsamt bei Ausschreibungen. So kann es passieren, dass eine bestimmte Maßnahme beim nächsten Mal 20 Meter weiter bei einem anderen Träger durchgeführt wird. Die nie fest angestellten Pädagogen wandern mit den Arbeitslosen. Dann stehen sie in den Pausen in derselben Straße, aber 20 Meter von ihrem ehemaligen Arbeitsplatz entfernt. Ihr Stundenlohn ist geringer. Man kennt sich und grüßt sich. TK

Meter machen
1. hieß die Tätigkeit in der kleinen Aluminiumfabrik in der Von-der-Tann-Straße, bei der wir in ungefähr 1 m Länge und Breite geschnittene Aluminiumplatten in eine Randprägemaschine hoben, sie mit einer Hand am Rand festhielten und durch die Maschine drückten, die am anderen Rand eine winzige Krümmung hineinpresste. Nach zwanzig, dreißig Metern, sprich: Platten, war der hebende Arm erst müde, dann kaputt. Einer unserer Kumpel hätte eigentlich krank-, besser kaputtgeschrieben werden müssen. Stattdessen hänselten ihn die anderen und drängten ihn, die schwere Arbeit weiterzumachen. Oft sprang ich für ihn ein, wenn schon Tränen vor Schmerz, Scham, Wut in seinen Augen zu ahnen waren. Die Platten wurden dann zu Rohren gebogen, mit Isoliermaterial gefüllt, mit Pappe ummantelt verpackt und zu den Baustellen gebracht. Diese Fabrik ist längst abgerissen, an ihrer Stelle steht jetzt ein Hospiz. 2. anderer Ausdruck für fliehen,

egal vor wem und was und welcher Tätigkeit. 3. etwas schneller machen, sich beeilen mit etwas, z.B. noch schneller Meter machen. TK

Metro

1. popel Ruhr. Passt in jeden größeren Einkaufswagen. Kann auch verschickt werden (Briefporto). → Post und Popel.
2. einer der vielen zugezogenen Metropopel*innen der mit der hier gern U-Bahn genannten Straßenbahn die wenigen, unter der Erde liegenden Strecken durchs Ruhrgebiet befährt. „Ausstieg in Fahrtrichtung links" oder „Ausstieg in Fahrtrichtung rechts" ruft eine angekratzte Frauenstimme vom Band, die sich heiser anhört, die der Metropopel oder die Metropopelin aber noch verstehen kann.
3. die zwei Punkte an den äußersten Enden des Ruhrgebietes, über deren Sitz und Lage und Zugehörigkeit zwischen den Städten und Gemeinden seit Bestehen des Ruhrgebietes, das zu zwei verschiedenen Landschaftsverbänden gehört, gestritten wird. Wo Westpol ist und wo Ostpol, ist klar, auch historisch oft beschrieben (→ West- und Ostgoten); demzufolge „Goten Murgen!" sagt man je nach Lage, „West- oder Ostgoten Murgen!" und schon brechen sie ein, plündernd und verwüstend. TK

Minister Stein

Das 19. Jahrhundert war das Jahr der Zechen-Geburten, auch in Eving. Die Gründer gaben der Zeche den Namen des preußischen Ministers Karl Freiherr von Stein und begannen, bis zu 1,6 Millionen Jahrestonnen zu fördern. Am 11. Februar 1925 hat sich eine (→) Schlagwetterexplosion ereignet und 136 Kumpels kamen ums Leben. 1987 war in der letzten Dortmunder Zeche (→) Schicht im Schacht. Der Hammerkopfturm thront aber noch jenseits der Konsumtempel. UE

Möpkenbrot

Kochwurst aus Schweinefleisch (Speck, Schweinemaske, Schwarte, Schweineblut...) und aus Roggenschrot oder Weizenmehl und Zwiebeln. Früher Kraftfutter für die schwer arbeitende Bevölkerung im Westfälischen Land, ostwestfälische Variante wird Wöpkenbrot genannt, beides heute eine Rarität. CH

Muffe

ein Gefühl der Angst mit Innengewinde aus Flussstahl St 00 gemäß DIN 2986 oder aus Temperguss gemäß DIN 2962. Man unterscheidet gerade Ängste und Absatz- (reduzierte) Ängste. Die Verbindung zweier Gefühle wird - je nach Angstart – durch Verschrauben, Verstauchen oder Einstecken mit zusätzlichem Dichtschweigen oder Verstemmen hergestellt. Oft spricht man auch von Muffensausen. Da sitzen dann einige zusammen und zittern. Das kann über-, aber auch untertage sein. Muffenohr → Stahlmuffenohr. → muffig, Muffel (umgsspr. für Mund (nicht zu verwechseln mit Murfel (umgsspr. für alte Frau)), Muffer. (→ alte Männer). TK

N

Nachtschicht

1. eine graue bis schwarze Schicht Nacht, die nie allein liegt, sondern immer in vielen, meist unzähligen Schichten übereinander auf etwas lastet, das eine Sache und ein Mensch sein kann. 2. Nachtschicht im Sommer 1976 im Chemiewerk Viktor in Castrop-Rauxel. Nach zehn Stunden, in denen er in einem Kellergang unter der Lagerhalle für Kunstdünger auf das Fließband gestarrt hat, damit er, wenn sich der Dünger staut, sofort eingreifen und mit einer eisernen Stange die Stauung auflösen kann, wankt er ins Freie, wankt weiter zur Umkleide und weiß nicht mehr zu unterscheiden zwischen Schwarz- und Weißkaue. Er hängt sich nackt in den Korb zu den dreckigen, staubigen Arbeitsklamotten und bittet einen Kollegen, ihn hochzuziehen bis zur nächsten Schicht. 3. Nachtsicht, ausgesprochen von einem Menschen mit Sprachfehler. (→ Nachtschichtgerät, Nachschicht, Nahschicht). TK

Nichts

1. Antwort auf die Frage, ob man etwas habe.
2. philosophische Kategorie, Das Nichts, großgeschrieben, und Das Sein, auch großgeschrieben.
3. Gegenteil von etwas oder etwas mehr oder auch viel oder sehr viel. Nichts kann nicht gesteigert werden. Höchstens bei Langzeitarbeitslosen, die gar nichts haben. TK

Nostalgie

1. zeitweises Überkommen emotionaler Übergeschwapptheit in der Region (→) Ruhrgebiet. Geht im Extremfall mit Schluckbeschwerden anheim. Da bleibt uns die (→) Currywurst schon mal im Hals stecken. DG

2. Nostalgie adieu

Diese Berge
Diese Halden
Haben weder Hauer noch Steiger
Zum Jodeln veranlasst

Stumme Sprache
Der Kumpel und Malocher
Als Zeugen ihres Lebens

Ringsum
In den Schornsteinen
Verraucht die Zeit TT

Nordstern

In Gelsenkirchen-Horst, mein Schwager heißt auch Horst und war als Fördermaschinist mit Prosper-Haniel fremdgegangen. UE

O

Obduktion
Zerschneiden und Auseinandernehmen von vorhandenem Material (Tote, Pflanzen, Werke der Literatur, Kunst oder Musik), um die Todesursache zu erforschen. Methode hat sich bei toten Menschen bewährt und ist in der Regel zielführend. Bei Werken der Literatur, Kunst- und Musik kommt es in der Regel zu Debatten mit einander widersprechenden Positionen. CH

Ölung
letzte, die, 1. des Vortriebshammers, Beträufeln bis Begießen der beweglichen Teile desselben, damit es nicht so quietscht. 2. ebenso des Bohrkopfes, damit die Schicht ohne Unterbrechung zu Ende gebohrt werden kann. 3. des im Sterben liegenden Bergmannes, was unter Tage nicht immer möglich ist und, falls der Tote geborgen werden konnte, auch auf Sondererlaubnis beim Toten erlaubt ist, selbst wenn der Kopf auf dem Hals schon starr steht. TK

Omma
Nee, nee! Das fangen wir gar nicht erst an. Hat in diesem Brevier nichts zu suchen. Als ob das (→) Ruhrgebiet nur daraus bestehen würde! Nee, nee, das überlassen wir mal schön anderen. Sollen die mit den Wiederholungen um sich schlagen. Wir wollen (→) Ruhe. DG

O
1. solo mio oder Ich-AG oder Auffanggesellschaftsmitgesellschafter oder Arbeitslosenheereslieferant bzw. Arbeitslosenheereslagerist oder Armutszeugnisbesitzer. TK

2.
O
Wie vor Ort
Wie Ortsbrust
Wie Ortsältester

O
Wie Oxydationszone
Wie Oberbank
Wie das Ort

O
Wie Örterbank
Wie Ortsbrust

O
Wie Omme
Wie Oschek
O
Wie Ömmes
O
Wie Ökolyt
O
Wie

O
Das kannte ich ja alles
Nicht TT

Ortsgruppe
Die Ortsgruppe der IGBE
Ein zweites Fundament gewerkschaftlicher Solidarität, das waren die Ortsgruppen. Neben der Arbeit ‚vor Ort' Seele der IGBE - Grundlage gemeinschaftlichen Zusammenhalts. Aber auch Lösung für manches: gegen starke Kommunisten auf den Zechen beim Neuaufbau der Gewerkschaft - und nach Aufkündigung der Betriebs- Basis der Hauskassierung. Später allerdings sind die türkischen Kollegen nicht so gekommen zu den Versammlungen. Trinken eben kein Bier die Moslems. Gemeinschaftlichkeit zieht immer auch Grenzen. Aber sie schaffte auch Gemeinschaft, die Zechensiedlung. Hier kennen sich alle: auf'm Fußballplatz, inne Kneipe,
auf'm Friedhof und morgens beim Gang zum Markt. Und der Ortsgruppenvorsitzende; der genoss schon Respekt. Nur der Knappschaftsälteste war vielleicht noch wichtiger für die Leute - fast schon so was wie ein Bürgermeister. HM

P

Panik vor Ort

Echte Kerle haben keine Angst, sie sind geadelt durch das schwarze Gold, das sie zutage fördern. Ihm ist heiß. Der Schweiß läuft Rudi in die Augen, in der dröhnenden Enge unter Tage. Es ist dunkel. Die Kohle schluckt alles Licht. Er liegt auf dem Bauch im engen Gang, den er stündlich weiter in die Erde treibt, weiter in die Kohle, mit dem Presslufthammer in das schmale Flöz, 50 cm hoch.
Trotz Grubenlampe sieht er fast nichts. Manchmal kneift er die Augen zu, dann kann er das hier unten besser aushalten. Bloß nicht dran denken, wie tief er unter der Erde ist, 1000 Meter tief. Ratternde Pressluft, heiße Luft vibriert mit ihm und dem Hammer im Takt.
Nur weiter auf die brennenden Ellbogen gestützt, alle Muskeln zusammen gezogen und den Druck gegen den (→) Abbauhammer in die Wand treiben. Auf die nächste Hupe warten. Die Hupe heißt Pause, heißt Erlösung, Frühstückspause, Mittagspause und vor allem Feierabend.
Rudi kann in den letzten Wochen nicht nur nachts nicht schlafen. Wegen den Schichten, die wöchentlich wechseln, kann er nicht schlafen, und weil sein Körper weiter vibriert im Rhythmus des Hammers. Manchmal hilft Bier und Schnaps, manchmal der Körper seiner Frau. Aber viel zu oft wehrt sie ihn ab. Er ist ihr zu grob, zu hart, zu schnell, nicht fein genug.
Wie der Presslufthammer bohrt sich der Schmerz der Zurückweisung und die Eifersucht in seine Innereien.
Gegen den kommt er nicht an. Gegen den ersten Mann. Er ist im Krieg geblieben, wenige Tage nach der Hochzeit ist der gefallen. Mit dem hatte sie keinen Alltag gelebt.
Der Lärm dröhnt in seinen Ohren, der Schweiß brennt ihm in den Augen. Nicht vornehm genug. Sein Herz klopft lauter und schneller als der Hammer.
Er muss raus hier, hoch, über Tage. Er kriegt keine Luft mehr.
Erlösung durch die Hupe. Mit brachialer Gewalt kämpft sich Rudi aus dem Stollen, aus dem Schacht durch den Gang zum Aufzug. Er keucht vor Angst und Wut.
„Ey Rudi, hasse'n Termin?“ frotzeln die Kumpels, die er zur Seite schubst.
Hass steigt auf, auf alles, was eng ist und klein.
Dieser Scheißförderkorb, der auf jeder Sohle hält, viel zu lange braucht der nach oben. Hass auf die kleine Wohnung, die Frau, 2 Kinder, die Schwiegermutter. Hass auf die engen Schuhe seiner Schwestern, die er hat auftragen müssen, weil kein Geld da war. Vielen war das so gegangen, aber es gab auch die, die spotteten und lachten. Er war der Jüngste von 4 Kindern, der einzige Junge. Es vibrierte in ihm wie der Presslufthammer, diese Schmach.
Heute würde er sich nicht zurück weisen lassen.
Heute nicht.
Nie mehr.

Rudi wird kaputt geschrieben. Er darf raus auf Kur und später dann über Tage arbeiten bei der Post. Kriegserlebnisse und Nerven steht in der Diagnose. Nie mehr in den Schacht. Nie mehr unter die Erde, nicht mal in eine Tropfsteinhöhle kriegen sie ihn. EvdD

Pausenspruch
→ Unfallstatistik und Henkelmann

Am Henkelmann, am Henkelmann,
am Henkelmann ist ein Henkel dran.
Doch jeder Kumpel weiß:
Vorsicht, denn Henkelmanns Henkel ist heiß! HUH

Pflanzen
aus dem „Lexikon der Pflanzenunterwelt. Ein Handbuch für den Alltag im Dunkeln", Frankfurt 1979: Berufkraut (Erigeron), die dt. Bezeichnung meint das „Verrufen", Gattung der Taubnesseln. Besenginster (Sarothamnus), Gattung der Brauchblütler, unbewehrte Sträucher mit mehrstieligen Ästen, aus denen Besen gebunden und dann jemandem aufgebunden werden. Bestäubung, wir unterscheiden Selbst-, Nachbar-, Fremd- und künstliche Bestäubung durch die Hand des Menschen. Die nachhaltigste ist die künstliche, da sie bis in die feinsten Verästelungen der Lunge reicht. Taubenkropf, auch Leimkraut (Silene), Gattung der Nelkengewächse; das Nickende Leimkraut finden wir auf Abraumhalden, die dem Westwind ausgeliefert sind. Höhlenpflanzen, Moose, Flechten, Farne können auch ohne natürliches Licht existieren, sie gedeihen gut in der Nähe von elektrischem Licht. In Aufzugschächten wurden sie oft gesichtet. (→ Klabusterbeeren). TK

Pfand
Ein guter Tag
Heute war ein guter Tag. Kallas Plastiktüten waren schon wieder halb voll, und in der Hosentasche klimperten bereits 4,31 Euro. 17 Wasserflaschen hatte er schon in den Getränkemarkt an der Mallinckrodtstraße geschleppt. Und 22 Bierflaschen! „Bier ist schwer", wusste Kalla, „und die Pulle bringt nur 8 Cent." Am liebsten waren ihm die PET-Flaschen: Leicht und wertvoll – 25 Cent das Stück. Aber die sind begehrt und entsprechend selten zu finden. Heute war noch keine dabei.
Aus dem Mülleimer am Pilzpark zog er unter einer Pommesschale eine braune Flasche hervor. Currysauce triefte langsam an ihr herunter. Uaah! Kalla schüttelte sich. Aus seiner Hosentasche zog er ein Tempo-Taschentuch, das seine Jungfräulichkeit schon gestern verloren hatte. Es war sein einziges, und er hatte inzwischen mehrmals sein Nasen-Ejakulat hineingeschleudert. Mit spitzen Fingern zupfte er es auseinander, bis er eine saubere Stelle fand. Und mit der wienerte Kalla sorgfältig die blutrote Sauce von der schönen schlanken Flasche. Mit geübtem Griff drehte er die Pulle in die Tüte, wo sie von ihren Kolleginnen sofort

mit einem großen Geklirre begrüßt wurde. Kalla überlegte kurz. Dann steckte er auch das Taschentuch wieder ein.
Dass er das nötig hatte! Als er noch auf „Minister Stein“ angefahren war, hatte er nach der Schicht mit seinen Kumpels immer noch ein, zwei Stifts getrunken. An Luises Bude. Schön war das! Aber als die Zeche dichtmachte, war es aus damit. Immer zuhause vor der Glotze, immer die Kiste mit dem Bier in Reichweite, und immer das Genörgel von Gisela. Irgendwann war seine Abfindung weg, dann war auch Gisela weg, und er konnte die Miete nicht mehr zahlen. Auf seinen Streifzügen durch die Nordstadt traf er ab und zu noch einen der alten Kumpel. Aber es war nicht mehr so wie früher...
Am Keuning-Haus der große Treffer: Fünf PET-Flaschen! Als hätten sie auf ihn gewartet, standen sie säuberlich aufgereiht wie Plastik-Soldaten auf dem Deckel einer Mülltonne. Heute war wirklich ein guter Tag! Wieso haben die Leute sie nicht mitgenommen? 1,25 Euro: Wer verschenkt so was? Wahrscheinlich waren es diese Blagen, die hier immer mit ihren Skateboards durchrauschten. Hier taten sie immer cool. Aber vorher ließen sie sich von Mama erst mal die Rucksäcke voll packen. Ob Mama den Pfand braucht, um wieder neue Flaschen zu kaufen, das war ihnen natürlich egal. Aber ihm konnte es auch egal sein. Oder ist er etwa die Mama? Also!

Hastig steckte er die Flaschen ein und machte sich gleich auf den Weg zum Lidl. Aldi-Flaschen kann man jetzt auch bei Lidl abgeben: Das ist das kleine Einmaleins der Flaschensammler. Und für fünf Flaschen lohnte der Weg zum Hafen! Bevor er dort ankam, brachte er noch schnell die Glasflaschen zum Getränkemarkt. Als die Tüten leer waren, klapperten mehr als 8 Euro in Nickel und Kupfer in Kallas Tasche. Und das schon am Mittag! Wirklich: Ein guter Tag! Da hatte er sich sein Fläschchen „Fernet Branca“ doch wohl redlich verdient. Meistens hatte er das Geld dafür erst am Abend zusammen. Und manchmal reichte es gar nicht. Jetzt war es noch hell: Er könnte sich seine Flasche holen und auf dem Nordmarkt noch die Sonnenstrahlen genießen, bevor sich zuhause das schwarze Loch über ihm schloss.
„9,50 Euro“ forderte Kemal, der ihn nach dem Drücken der Klingel sofort erkannt und bereits eine Flasche Fernet in der Hand hatte, als er die Scheibe am Trinkhallen-Tresen zur Seite schob. Kalla erblasste. „Ist teurer geworden“, sagte Kemal mit gleichgültiger Miene. „Rewe und Plus haben die Preise auch angezogen.“ Kalla guckte ungläubig. Mit matter Hand zog er die zusammengeknüllten Plastiktüten vom Tresen und trottete wieder auf die Straße. So gut war der Tag doch nicht.

UH

Pilgern

Das Pilgern ist ein Walzverfahren, um Santiago di Compostela zu erreichen. Zurzeit beliebtes Ziel. Erreicht werden sollen nahtlose Gewissen aus dickwandigen Luppen, die das Schrägwalzen (auch Schieflaufen) liefert. Mit seinen schnell aufeinander folgenden Etappen und dem schlagfertigen Anfassen der Walzenden ähnelt das Verfahren dem Schmieden von Plänen. Sein Arbeitsbereich umfasst

Tagesmärsche von 46-622 mm Außendurchmesser. TK

Platt gemacht

S. liebte es, mit Ilana zu schlafen. Und wie sie dabei juchzte. Umso schlimmer, als er ihr irgendwann nicht mehr gerecht werden konnte. Erst schien ihm, es läge am Alkohol, er ließ das Biertrinken nach Schichtende. Aber das war es nicht, was seine legendäre Latte zermürbte. Kapieren tat er das erst viel später: Dass es die beinharte Malocherei zu den unmöglichsten Zeiten war. Dass es die brutal krepierenden Kollegen waren: Kalle von einer Verpuffung zusammengekokelt, Günni vom Brückenkran zerquetscht, Harald in der Rinne auf ein Nichts geschrumpft. Im Durchschnitt jeden Monat einer. Wenn er nachts schreiend aus Albträumen erwachte, fragte er sich, wie er diese Arbeit eigentlich durchstand. Zwei Finger hatten dran glauben müssen, mehr als einmal hatte S. dem Tod ins Gesicht gesehen. Letztens war er vor Erschöpfung fast vom Gerüst gefallen. War's Schicksal? Den eigenen Vater hatte S. an den Stahl verloren. Lang erzählte ihm niemand was genaueres. Er kam einfach nicht mehr von der Arbeit nach Hause. „Innem Kindersarch" hätten sie ihn begraben, steckte ihm später die Nachbarin, „mehr is von deen Vadda nich übageblieben". Bei der Beerdigung war S. gerade ein Jahr alt. 1943 war das. Mit zehn erst traute er sich zu fragen. Als ob seine Mutter ihm jemals von sich aus irgendwas erklärt hätte. „In de Rinne isser. Dat wesse nicht?", so die knappe Auskunft. „Detweng hasse jetzt abba ne *Lehrstelle*. Dat is dat Jute dran." Schöner Trost. Und sein Berufsweg vorherbestimmt. Als er zum ersten Mal zusah, wie abgestochen wurde, wie das hellrot glühende Eisen einem Lavastrom gleich aus dem Ofen quoll und die gemauerte Ableitung flutete, da kapierte er erst, was mit der Rinne gemeint war. Mit ihrer Höllenhitze. Und da war sein Vater hinein. Anschließend passte er in einen Kindersarg. – Sparte Kosten bei der Beerdigung.
S. bekam mit, wie Kumpel Harald von der Glut geschmolzen wurde – ein grauenvoller Anblick. Er wunderte sich, dass von seinem Vater überhaupt noch etwas übrig geblieben sein sollte: Keine 20 Sekunden, und von Harry war gar nichts mehr zu sehen. Die Charge wurde abgegossen und draußen hinterm Schrottplatz hingestellt. Irgendwann kam sie aber auch zur Verarbeitung, egal dass da noch was von Harry dabei war. IR

Pott

1. Gegend zwischen Duisburg und Unna, zwischen den Flüssen Ruhr (deshalb oft: Ruhrpott) und Lippe (selten hört man: Lippepott), (→) Revier. 2. Kochtopf, „Auf jeden Pott passt ein Deckel". 3. Nachttopf, auch Brunzkachel, Gesundheitsporzellan, Krachgeschirr, Seichpott, Senftiefel, Topf, Töpfchen. 4. Fußballpokal.
TK

Praktische Geschenke für den Bergjungmann

Arschleder Bergmannseife Drachenzahn Dubbeldose Geleucht Gezähetasche Gliedermaßstab Grubenkittel Haarnetz Handwaschpaste Kanarienvogel Kauenlatschen Knifte Kohlenpfennig Meterlatte Pannschüppe Pickhammer Prisendose Pulle Pütthemd Schlauchatmer Schienbeinschoner Schwamm Spanneisen Sprengkiste Steigertuch SW

Pressluftschaden
Pickhammer Krankheit und Augenzittern; Vibration und Rückstoß Traumatisierung in kleinen Gelenken in Armen, vor allem den Handwurzelknochen, Knorpelschäden, Deformierung von Gelenken und Seele; Drucklähmung bei entsprechend hoher und über mehr als 2 Jahre hinweg regelmäßiger arbeitsbedingter Vibrationseinwirkung „schlagender" Maschinen; Erkrankungen durch Erschütterungen bei Arbeiten mit Druckluftwerkzeugen. Anerkannt als Bergmannskrankheit Berufskrankheit. U.a. aus: Präventionsbericht DGUV 2005. EvdD

Prosper-Haniel
Sie lebt noch, die Messe ist noch nicht gelesen! Aber freut Euch nicht zu früh, spätestens Ende des Jahres kriegen wir sie alle. UE

Provinz
(nicht: Provenienz), 1. meist in Zusammenhang mit dem Adjektiv tiefste gebraucht, ein anderer Begriff für Region, Heimat; beides hat einen mindestens leichten Hauch von Mief und Schmiere (→ Muffe und Theater). 2. Verwaltungsbezirk TK

PS
Psst, Post, modern, stille Post, Postscriptum, PPS, Pasemaluken, Pause, Patschinsky, Pissen, Priester, Pissnelke, Patschouli, Autoquartett, Rauchpause. TK

Q

Quick
1. Zeitschrift in den Jahren 1948 bis 1992, wöchentlich erscheinende deutsche Illustrierte, die auch mit nackten Busen und Sexthemen ihren Niedergang nicht verhindern konnte, kurzfristig steigerten sich die Verkaufszahlen, um dann vollkommen einzubrechen; ähnliches erlebten die Kinos (Schachtelkino, Schmuddelkino, meist in Bahnhofsnähe, Sexkino) (→ Werbung.) 2). quick.de Reifendiscount. 3. Novel by Lauren Owen TK

Quicky
Die Oma verstand „Quieky" und vermutete, es sei von einem Vogel die Rede. Etymologisch liegt sie nicht völlig falsch. Vögeln, vulgär für begatten, schon früh auf Vogel bezogen. Z.B. im Limburgischen vogelen, fokkelen für das Begatten bei Hühnern. Die Einzelheiten sind klärungsbedürftig. TK

Querschlag
Im Querschlag, im Nebengestein
Quer zum Gangverlauf
Wird eine Strecke aufgefahren

Im Querschlag Stein am Kopp gekriegt
Qurz gequickt, qurz aufqueschrien
Qwas is hier los?!

Boah! Verdammte Queisse!

Im Querschlag, im Nebenquestein
Quer zum Quopfverlauf
Hat's mich erquischt

Qopp am Stein gequlopfft
Im Quang unter den mächtigen
Gequeinsplatten

Quetz quietscht meine Birne
Macht Qumerzen der Quopp

Quektonischer Riss
Und guluten tuts auch auch

Hömma!

Das Quergquwerk macht mich
Noch Quaputt

Quar quetzt erst ma nach oben
Zum Quoktor

Qumpels,
Quluckauf! TT

Quiz
Um die Ecke gedacht: Errate den Begriff!
1) anderes Wort für „Benzinpussy"
Der erste Teil des Begriffs bezeichnet einen Treibstoff, mit dem unter anderem Personenkraftwagen betrieben werden und der seit einem Skandal vor wenigen Jahren einen schlechten Ruf hat.
Der zweite Teil des Begriffs ist der weibliche Gegenpart eines Phänomens, das umgangssprachlich die Folgen eines Alkoholrauschs bezeichnet.

Auflösung: Es handelt sich um die „Dieselkatze".
Eine Dieselkatze ist eine mit Diesel betriebene Lokomotive; der Zug transportiert hauptsächlich Material unter Tage, manchmal auch Menschen. Er wird über Hängeschienen geleitet.

2) anderes Wort für: „Prügelwitten"
Der erste Teil des Begriffs bezeichnet einen gewaltsamen Akt, der zu Verletzungen führen kann; der zweite Teil eine Stadt an der Ruhr.

Auflösung: Bei dem gesuchten Begriff handelt es sich um „Schlagwetter". → Schlagwetter AKK

R

Rasen

1. Sportplatz, vornehmlich für Fußball; 2. Kräftemessen von Männern, meist mit Autos, die Fußgänger von der Straße mähen. TK

Rauchen ist tröstlich

rät der Sicherheitsbeauftragte, gerade in Gefahr. TK

Remmidemmi

S. Vater war freiwillig in die Eisenlava gesprungen. Da stand die Gestapo schon auf der Ofenbühne. Ein Kollege hatte ihn gewarnt. Wollten ihn holen kommen, mit Stacheldraht fesseln und Benzin in die Zunge spritzen, sodass er nicht schrie, beim Abtransport zur Steinwache und von da aus in den Rombergpark. War halt Kommunist.

1956 galten die Kommunisten erneut als verfassungsfeindlich: Die KPD wurde verboten. Bis 1968. Da trat S. in die DKP ein. Das war er nicht nur seinem Vater schuldig, das machte auch Sinn. S.' Ärger hatte Ende der 60er so richtig angefangen. Damals übernahm Hoesch die Hörder-Hütten-Union. Die Belegschaft wurde eingedampft. Produktion und Stahlpreis stiegen. Was blieb unten: der Lohn. Was kam raus: Millionengewinne für die Konzernspitze.

„Wir malochen wie die Bekloppten, und wer macht den Reibach: Harders!" Als S. und seine Kollegen erfuhren, dass der Hoesch-Chef den Aktionären eine Dividendenerhöhung zugeschanzt hatte, war Schluss mit Lustig: „Hoesch-Malocher erwache!" In der Westfalenhütte brach Kampfstimmung aus. Ein Streik ging los, von dem noch alle Zeiten die Rede war: In der nächsten Frühschicht verließen 3.000 Stahlwerker gegen den Willen der Gewerkschaftsführer ihre Arbeitsplätze und marschierten vor die Hauptverwaltung in der Eberhardstraße: „Ohne Lohnerhöhung keine wachsende Wirtschaft!" Sie drangen ins Gebäude ein und trommelten mit ihren Helmen aufs Treppengeländer. Harders war da schon durch den Hinterausgang abgebüxt. Eine Gruppe von Arbeitern verfolgte ihn bis zu seiner Villa in Schwerte.

Am nächsten Morgen streikten auch die 20.000 Stahlschmelzer der Hörder Hütten Phönix und Union: „Alle Räder stehen still, wenn der Arbeiter es will." Mit hochgehaltenen Schildern marschierten sie in Dortmunds Innenstadt und legten dort den Verkehr lahm. Bald traten in der ganzen Republik Metaller und Bergleute in den Ausstand. Ein gerechter Schock, fand S. Das waren Tage, in denen er zufrieden grinsend nach Hause kam. In Dortmund wurden die Lohnforderungen erfüllt: 30 Pfennige für alle, volle Bezahlung der Streikschichten, keine Anrechnung der 30 Pfennige auf das kommende Tarifergebnis. „So ein Tag, so wunderschön wie heute ..." IR

Revier
1. Von Re – hat immer mit der Vergangenheit zu tun, zurückgehen, re-vieren, re-aktivieren, re-kapitulieren, re-klamieren (z.B. die Rechte der ArbeiterInnen). Erweiterung: *Revierkönige* (Roman) DG
2. das Gebiet, in dem ein Hund, ein Dealer, ein Lude und seine Nutten ihre Geschäfte erledigen und täglich mit Urin markieren müssen, im Prinzip ein jeweils kapitalistisches Geschäft, in dem der stärkere über den schwächeren obsiegt. Der stärkere muss nicht der größere sein. TK

Risiken Untertage
Absturz des Förderkorbs
Bruch der Fahrkunst (→ Bergmännische Künste)
Einsturz des Schachtes
Einbruch von Schlammmassen
Ersticken in Rauchgasen
Freisetzung matter Wetter
Gebirgsschlag
Grubenbrand
Kohlenstaubexplosion
Sargdeckel
Schachtbrand
Schachtbruch
Schlagwetterexplosion
Seilriss
Sprengstoffexplosion
Tagesbruch
Verpuffung von Sumpfgas
Verschüttung
Wassereinbruch
SW

Ruhrpo
oder auch: am A (→ A) der Welt; wird fälschlicherweise immer wieder mit 2 t am Ende geschrieben. (→ Pütt). TK

Rüpel
Gibts hier nicht. Noch nie gesehen. Müssen woanders angesiedelt sein. DG

Ruhe
Jetzt, nach all dem ganzen Lärm, nach dem ganzen Hickhack ist endlich: Ruhe. Ich geh mit meiner Liege am Kanal, hau mich hin und mach ´ne Pulle Bier auf. Und schon fährt die Santa Monika vorbei. DG

Ruhrgebiet
Ein Landstrich mit Fluss drin. Damit ist alles gesagt. Wer etwas anderes behauptet, übertreibt oder leidet an (→) Nostalgie (→ Revier, Pott). DG

Ruß
Wissenschaftlich belegt, dass Ruß viel besser ist als (→) Feinstaub, denn er ist grober und schwarz, so dass er sicht- und riechbar wird, wogegen der Feinstaub ein gemeiner (→) Hund ist. Wird mit *ß* geschrieben. Sonst hieße es ja Russ, wie der Russ(e) auf Bayerisch, und das spricht man hier nicht. DG

S

Schenke
„Der Knecht schwingt seinen Kohlenhobel, abends in der Schenke. Das forcert seinen Tatendrang, er ordert mehr Getränke." Frei nach „An einen politischen Richter" von Heinrich Heine. SW

Schicht
1. Jetzt ist Schicht im Schacht! Aber richtig, ohne Scheiß, endgültig, alles dicht, die (→) Letzte auch. Lasst uns nun so richtig der (→) Nostalgie frönen. DG
2. Gesellschaftsschicht, die verschiedenen Schichten der Bevölkerung (Arbeiter, Angestellte, Manager), die unter sehr unterschiedlichen Ängsten, eingebildeten (Neurosen) und wirklichen (Arbeitsplatzverlust, neue PC-Programme, zu geringe Bonizahlungen) leiden. TK

Schichtarbeit
Frühschicht. Nachtschicht. Spätschicht. Frühschicht. Nachtschicht. Spätschicht. Immer so fort. Oder: Eine Woche Früh-, eine Woche Spät-, eine Woche Nachtschicht. Und immer so weiter. Bis zum Ende. Als es erreicht war, wusste er nicht mehr, ob es früh, spät oder gar Nacht gewesen ist. Gleichgültig, dunkel war es eh. HUH

Schicht im Schacht
Gern als Überschrift genommen, wenn über das Ende einer einzelnen Zeche oder über das Ende des Bergbaus im Ruhrgebiet oder über das Ende des Bergbaus in Nordrhein-Westfalen oder über das Ende des Bergbaus in Deutschland oder über das Ende des Bergbaus in Europa berichtet wird. TK

Schicht im Schacht in Schach halten
Darunter versteht man alle Beruhigungsversuche und Beteuerungen der Politiker und Manager, wenn die Belegschaft und eine ganze Region gegen die Stilllegung von Zechen und Stahlwerken aufstehen. Sie setzen sich schnell wieder hin. TK

Schichttorte
Torte, die aus mehreren, sich abwechselnden Schichten (Blätter)Teig, Sahne, Früchten aufgebaut ist, z.B. Pflaumen-Schmand-Schichttorte oder Himmliche Schichttorte mit Aprikosen und Schmand-Sahne-Creme, die aufgeschnitten und von der Seite betrachtet an manche Fußballtrikots erinnert. Wenn sie gut und richtig gebacken ist, ist eine Schichtablösung nur unter erheblichen Schwierigkeiten, Vermischungen und Schmierschichten möglich. Nicht zu verwechseln mit Schichttoten (→ Grubenunglück), unterschiedliche Gruppen und Massen von zu verschiedenen Zeiten tödlich Verunglückten, die nicht geborgen werden konnten

oder sollten, die verschüttet blieben und unter oder über denen weiter gearbeitet wurde bis zum nächsten Unglück. TK

Schichtaufnahmeverfahren

1. röntgenologisches Verfahren zur scharfen, vermischungsfreien Darstellung einer gewünschten Objektschicht. 2. gestelzte Bezeichnung zum Beginn einer (Arbeits)- (→) Schicht. TK

Schlacken

Werden heute nur noch im Körper abgebaut, gesundes Essen vorausgesetzt DG

Schlagwetter

Gerade war der Himmel noch strahlend blau, teils mit weißen Wölkchen durchsetzt, dann kam ein Gewitter auf, unheildrohend, fast schwarz... Nein, das ist selbstverständlich falsch. Richtig ist: Die schlagenden Wetter entstehen in der Grube, wenn Methan und Sauerstoff eine gefährliche Verbindung eingehen. Dann reicht eine kleine Zündquelle aus, die das Gemisch umspielt und ihr eine todbringende Wirkung entlockt. Explosionen von unerwarteter Gewalt sind möglich, die kilometerweit vom Ort des Geschehens noch spürbar sind. Hunderte Bergleute starben in diesen Wettern in Thüringen, im Ruhrgebiet, im Donezbecken oder im fernen China. Ihrer wollen wir gedenken. HUH

Schlechtwörtergeld

das der Schreibende auf Antrag erhält, wenn ihm nichts einfällt, weil es in seinem Arbeitszimmer zu heiß oder zu dunkel oder zu kalt ist. Ist alles der Fall, erhält er auch Rentenpunkte. TK

Schlot

meine mutter wurde geboren unter einer glocke rieselnden staubs
sieben schleier trug die sonne auch im sommer sie bestaunte
den weißen schnee am fuji auf der postkarte vom briefreund aus japan
erschrak über das blau des himmels von baltrum wohin man sie schickte
wegen des rasselns in der brust

lang dachten wir kinder es seien wolkenfabriken was da rauchte
bis der groschen fiel und sich das fremde wort schlot vom vordersitz
mühselig über den vergleich erschloß zu großvaters ständigen glimmstengeln
er sagte sargnägel wusch samstags morgens seinen schneeweißen kadett
und wenn er nachmittags zum msv fuhr war er schon wieder ergraut

mit so hoch wie bei gekrümmtem rücken möglich erhobenem haupt
ging er in den keller und präsentierte uns später stolz zwei eimer heimat
gepresst zu glitzernd schwarzen klumpen kompakt und perfekt passend
für seine faust die er öffnete wie beim heiermannschenken in seinen händen
die runzeln und falten nachgezeichnet in ruß das kriegste nich wech

verloren gehen zwischen büdchen und hinterhof war ausgeschlossen
im siebten stock hockte die alte suwelak wie zeus in lurex und wachte
über unser ameisentreiben die majestätische oberweite abgelegt
auf dem kissen im fenster und wir ahnten von unten nur allmählich
das mythische gegengewicht das sie im rahmen hielt ME

Schmalspur
Die ehemaligen Werksbahntrassen sind außerhalb der ehemaligen Werksgelände oft zu Fuß- und Radwegen umgestaltet worden. Jogger, Hundehalter, Spaziergänger, Dealer, Liebespärchen nutzen diese Wege im Grünen und weitab der üblichen städtischen Straßen gern. Sie werden zu den 50 % Grünflächen gezählt. Mehrmals im Jahr, mindestens viermal, fährt die Polizei die Strecken ab. Manch ein harmloser Müßiggänger und -steher springt dann schnell zur Seite und schlägt sich in die Büsche. Kommt ein Wagen des städtischen Gartenamtes, besteht kein Grund zur Eile. Man raucht und tauscht und küsst und geht weiter Gassi wie zuvor. Man lässt den grünen Gott einen guten Mann sein. TK

Schöpfung
1. Zustand, der bis zum Rausch gehen kann, bis zur (→) Erschöpfung. 2. „Schön ist, Mutter Natur, deiner Erfindung Pracht,/Auf die Fluren verstreut, schöner ein froh Gesicht,/Das den großen Gedanken/Deiner Schöpfung noch einmal denkt." Friedrich Gottlob Klopstock. Der Bergmann denkt derartige Gedanken in seinem (→) Schrebergarten. TK

Schrebergarten
der, Pl.: Schrebergärten, die z.B. *Frohes Schaffen* oder *Friedlicher Nachbar*, so stellen wir uns das Leben hier vor. Als Erfinder gilt Schreber, der nicht nur Pflanzen und Früchte trimmte und krumm zog, sondern auch seinem Sohn mit Antionaniermaschine und anderen Folterinstrumenten das Leben erleichterte, bis er in der Psychiatrie landete (der Sohn).
(→ Gespräche über den Zaun). TK

Schwarzes
Gold war die Kohle nur für die Besitzenden, für die Bergarbeiter war es schwarzer Staub und nicht bloß wertlos, sondern tödlich in ihrer Lunge. Das Deputat ließ sie lediglich nicht erfrieren, hielt sie und ihren Herd am Kacken. Die Zechensiedlungen mit ihren heutzutage idyllischen Häuschen waren Fortschritt und Knechtschaft zugleich. Es gilt noch immer die Forderung Georg Büchners: „Friede den Hütten, Krieg den Palästen! Es sieht aus, als hätte Gott die Bauern und Handwerker am fünften Tage und die Fürsten und Vornehmen am sechsten gemacht.... Das Leben der Vornehmen ist ein langer Sonntag....Das Volk aber liegt vor ihnen wie Dünger auf dem Acker. Der Bauer geht hinter dem Pflug, der Vornehme aber geht hinter ihm und dem Pflug und treibt ihn mit Ochsen am Pflug. Er nimmt das Korn und läßt ihm die Stoppeln..." (aus: Der Hessische Land-

bote, Darmstadt im Juli 1834), ebenso wie das Bibelwort aus dem Magnificat: „... / Er vollbringt mit seinem Arm machtvolle Taten: / Er zerstreut, die im Herzen voll Hochmut sind; / er stürzt die Mächtigen vom Thron und erhöht die Niedrigen. / Die Hungernden beschenkt er mit seinen Gaben und lässt die Reichen leer ausgehen. /..."
Lk I, 51-35. Diese Worte in Gottes Ohr! Ach, sie sind ja schon aus seinem Mund.... TK

1. Sie müssen diese Blätter sorgfältig außerhalb des Hauses vor der Polizei verwahren. 2. Wenn sie bei Ihnen gefunden werden, müssen Sie sagen, dass Sie sie nicht gelesen haben und gerade zur Polizei bringen wollten. 3. Sie dürfen sie nur an treue Freunde mitteilen. 4. Wenn Sie sie nicht gelesen haben, sind Sie natürlich ohne Schuld.

Schwarzgeld
Geld oder (→) Kohlen, die oder das jemand mit dem sogenannten Schwarzen Gold
(→ Kohle) verdient hat. Entweder als Arbeitnehmer oder als Arbeitgeber. Als Geber erhält man mehr und als Nehmer gibt man mehr an. Das ist niedere Mathematik, die hier im Revier schon in der Volks-, später Grundschule gelernt wurde und wird. Ob 8 oder 9 Jahre folgen, ist egal. TK

Seilbruch
Durch bestimmte Ereignisse, die zu einer Überlastung führen, oder durch Korrosion können Stahlseile reißen. Dann stürzt der am Seil hängende Förderkorb in die Tiefe. Befinden sich im Förderkorb Bergleute, dann wird ihnen gleichsam der Boden unter den Füßen weggerissen. Am Ende einer rasenden Fahrt sind sie tot. 20 solcher Seilbrüche wurden zwischen 1940 und 1952 gezählt. HUH

Selbstretter
1. Atemschutzgerät im Steinkohlenbergbau, kein Arbeitsgerät, sondern ein reines Fluchtgerät. Um funktionsfähig zu sein, müssen die Wetter einen Restsauerstoffgehalt von mindestens 19 % beinhalten. 2. (psych.) Bezeichnung für den Therapeuten, der dem vom Selbstverlust Bedrohten hilft, sein Selbst festzuhalten, zu schützen, wiederzufinden und zu bilden. Insbesondere Langzeitarbeitslose leiden unter dem Verlust ihres Selbst. Aber auch hier muss ein Rest des Selbst noch vorhanden sein; einen Selbstlosen können selbst Seelenprofis nicht retten. Ob es sich um Arbeit oder Flucht handelt, da sind sich die unterschiedlichen Therapieschulen nicht einig 3. Zigarette nach dem gefährlichen, erregenden Ereignis. TK

Senken
„Nicht denken, senken!" SW

Sicherheit
„Vollständige Sicherheit kann es nicht geben, wo Mensch und Maschine im Spiel sind.“

Silikose
Lange hatte er nichts gemerkt. Der Husten, das ist nur eine Erkältung, hatte er der Frau gesagt und war zur Schicht gegangen.
Beide hatten sie geschwiegen. Nur nicht dran denken, vielleicht geht es ja doch vorbei.
Zeche Siebenplaneten lag eine Fußstunde bergauf. Die Gewissheit lastete schwer auf ihm und machte ihm das Atmen schwer.
Es ging nicht vorbei. Noch einmal Sauerkraut hatte er sich gewünscht. Sie lief zum Metzger, der Wind trieb ihr die Tränen aus den Augen. Das Sauerkraut aß er nicht mehr.
1962 war das. Oppa starb mit 61, ich war gerade 2.
Staublunge, 90 Prozent hatten sie anerkannt. Die Omma bekam eine gute Witwenrente. Und war allein. Gottseidank war ich da. BL

Sohle
Wenn man einen aus der fünften Sohle hochzieht, ist man meistens erkältet. UE

Solidarität
Vor der Hacke ist es duster! Und die Arbeit unter Tage, die ist gefährlich und schwer. Da muss sich jeder auf jeden verlassen können. Da gehören auch die türkischen Kollegen ganz selbstverständlich dazu: gleicher Anzug, gleicher Helm, alle schwarz im Gesicht.
Und auf dieser Erfahrung im Bergbau, da gründet ein besonderer Zusammenhalt. Der erwächst aus verlässlicher Zusammenarbeit. Dass da nur die Kumpel die Zeche zahlen, dagegen steht lange eine besondere Solidarität, am Ende gefestigt durch die Mitbestimmung. Sowas musst du heute erst mal suchen. Oder besser: neu herbeiführen! In unserer Gesellschaft ist Solidarität ja ein Grundwert geworden. Aber vielleicht ist sie gerade deshalb irgendwie merkwürdig ‚flüchtig'. Sie wird beschworen – in den Reden unserer Politiker. Aber wir alle leben sie kaum – oder jedenfalls zu wenig. In unserer ‚Ellenbogengesellschaft', in der fast nur noch das Ego im Spiel des Lebens zählt, fällt es vielen schwer, kein Egoist zu sein. Wir müssen Solidarität neu lernen. HM

Sollbruchstelle
Arbeitsplatz, der nur kurzfristig eingerichtet wird und an dem der mit Zeitvertrag eingestellte Arbeitnehmer nach genau festgelegter Arbeitszeit tödlich verunglückt TK

Sonntagsglück
Kinder Kartoffeln Küche
Kirche

Strophe um Strophe
Das Lied nimmt kein
Ende

Einen Segen später
Öffnen sich Portale
Gehört der Sonntag
Endlich uns

Tauben Vatta
Mutta Tag
Kinder Kirmes

So ein Glück! TT

Spiel
das nächste, oft als schwerstes bezeichnet. Stimmt nicht mal für (→ Fußball) Fußballer, für Kinder überhaupt nicht: das nächste Spiel ist immer das schönste, spannendste, erregendste..... TK

Sprachentwicklung
bei Bergleuten nach paar Bieren: „......................ah..........“. Heißt: er, z.B.: „Bessa nich.“ TK

Stammbaum
Nur ein paar Früchte vom Stammbaum der Steinkohle: Koks (Hochofen, Eisengießerei, Retortengrafit), Rohteer (Teeröl, Naphtalin, Pech, Anthracen, Phenol, Kresol, Pyridin), Xylol, Tuluol, Benzol, Solventnaphta, Reingas (für Industrie, Gewerbe, Haushalt), Ammoniak (Chlorammonium, salpetersaures und schwefelsaures Ammoniak (Stickstoffdüngemittel, Sprengstoffe, Verzinkerei). Das Fallobst und die Kerne und Kitschen finden sich leicht auf und in den Böden wieder. TK

Stammkarten
In Zeiten, in welchen das aktenfreie Büro noch nicht angestrebt werden konnte, Lochkartensysteme zur Datenverwaltung in Entwicklung waren und die Notwendigkeit von echten räumlichen Archiven zur Bewältigung von Datenverarbeitung vorherrschte, gab es die sogenannten Stammkarten der Bergleute.
Auf einer Stammkarte wurden die Versicherungszeiten der Bergleute festgehalten, sprich ihre Beschäftigungszeit *auf Zeche*, als auch beispielsweise ein Arbeitsplatzwechsel von einer Zeche zur anderen sowie die Art der Beschäftigung. Anhand dieser Stammkarten konnte der Versicherungsverlauf und entsprechend der jeweilige Rentenanspruch durch die Knappschaft ermittelt werden. Die Stammkarten waren aus einem pappeartigen, sehr festem Papier hergestellt, da sie zwar nicht für die Ewigkeit gemacht waren, aber nicht nur eine einfache

Akte waren, sondern das (Erwerbs)Leben und den damit verbundenen Rentenanspruch der Bergleute festhielten.
Auch ohne elektronische Datenverarbeitung hat noch jeder Bergmann seine Rente bekommen, da der Ursprung der Knappschaft immer auch in der Wurzel der Arbeitnehmerinteressenvertretung verankert ist. FT

Staublunge
1. Lungenerkrankungen, die durch das Einatmen von Staub hervorgerufen werden (Stein, Asbest...) 2. Pars pro toto, in diesem Fall beschönigend für den Zerfall des Menschen nach seinem Tod zu Staub. CH

Staubgefäße
Gefäße, mit bzw. in denen unter Tage heimlich Staub aufgefangen wurde, welcher dann als die Asche Verstorbener ausgegeben wurde. (→ Film „Soylent Green", US-amerikanischer Science Fiction aus dem Jahre 1973, Regie Richard Fleischer. Eine der ersten Ökodystopien, bei der der Polizist Thorn bzw. sein Freund Sol herausfinden, dass das für die Ernährung der Menschenmassen der überbevölkerten Erde entwickelte und angeblich aus Plankton hergestellte Soylent Green in Wirklichkeit aus Menschenfleisch besteht). CH

Steinkohleabbau
Bergbau zur Gewinnung von Steinkohle durch Tage- oder Untertagebau, besonders im Ruhrgebiet bis 2018. CH

Steinkohleaufbau
Spiel der Kinder von Bergleuten, Zusammensetzen „Aufbauen" von Türmchen oder ganzen Szenen mit kleineren Stücken Kohle, die die Väter ihren Kindern von der Schicht nach Hause mitbrachten. CH

Stellenausschreibung
Für unsere Großschachtanlage Zeche Grimberg 3/4 suchen wir zum sofortigen Eintritt mehrere tüchtige Rutschenbären. Diensthöhlen können gestellt werden. Bewerbungen mit Lebenslauf und Zeugnisabschriften sind zu richten an die Generaldirektion, Zeche Grimberg 3/4, Bergkamen. SW

Stoßgebet
Nicht zu verwechseln mit „Schoßgebet"
Stoßgebet eines Bergmanns;
Hilf, heilige Barbara, die Vögel zwitschern nicht mehr! AKK

Streik
Bald musste S. erkennen: Die Funktionäre hatten dazugelernt. Ein zweites Mal ließen sie sich nicht in die Knie zwingen. In der Hoesch-Hauptverwaltung wurden selbstschließende Türen eingebaut. Und als infolge der neu eingeführten Lohnsteuervorauszahlung Streiks drohten, standen bewaffnete Werkschutzleute

in den Hallen. Nicht alle ließen sich einschüchtern. „Ausbeuter" schrien S. und seine Kollegen vor Harders Bürofenster.

Die allgemeine Teuerung ließ immer weniger übrig. Die Mieten stiegen, Dortmund erhöhte die Gebühren für Müll, Strom und Straßenbahn drastisch. Doch viele Kneipenwirte zeigten sich solidarisch: Alfred Ufer in Hörde ließ die Preise trotz höherer Fassbierkosten unten. Im „Stahleck" kostete Streikende das Bier sogar einen Groschen weniger. „Kapitalistenlaberköppe!", schrie S., wenn er mit der Lohntüte nach Hause kam. Sein Zorn entlud sich jetzt auch in der Werkszeitung *Heiße Eisen*: „Haut den Bossen auf die Flossen: 4,5 Prozent ist Lohnraub", titelte er. – Nicht nur S. – alle waren über das Ergebnis der Tarifrunde wütend. Streik musste sein. Vom 8. bis 10. Februar 1973 wurde in allen Hoesch-Werken erneut die Arbeit niedergelegt.

Prompt erhielt Harders einen Anruf aus Duisburg: „Wehe, wenn deine Hoeschianer wieder eine Lawine lostreten", drohte der Thyssen-Boss. „Geh mit den Rädelsführern hart ins Gericht! Schmeiß die Kommunisten raus!" Und so bekamen acht Belegschaftsmitglieder die fristlose Kündigung. Auch S. war darunter. Er und die anderen Geschassten wurden von den Vertrauensleuten beklatscht. IR

T

Tafel

1. Tafeln, Resteessen, Essen auf Rädern, Vergessen auf Rädern (→ Rasen). 2. Die Tafel, Speisung von Armen und Bedürftigen, von denen es immer mehr gibt. 3. Tafel Schokolade; manche mögen die billige, einfache lieber, andere bevorzugen die mit 90 % Kakaoanteil; hier, wie in allen Fragen des privaten Konsums und gesellschaftlichen Lebens, wird die Mittelschicht immer weniger zugunsten der Ränder; die Reichen bleiben in ihrem Rahmen, ebenso wie die Armen. TK

Tiere

unter Tage, es wurden nicht selten Ratten gesehen, auch (→) Grubenpferde erschienen, als Schatten ihrer selbst. Ein Papagei ist sehr selten; andere Vögel wurden öfter gesichtet und in Käfigen gehalten, ihr Gesang allerdings selten gehört im Lärm des Abbaus. Als einmal ein Taubenpaar unter Tage nistete, freuten sich die Arbeiter, wollten schon Wettbewerbe starten. Der Sicherheitsbeauftragte fing die Tiere und tötete sie, da sie ein Risiko darstellten. Die Trauer und Wut waren groß unter den Kumpeln. Sie bastelten sich aus Butterbrotpapier flugfähige Tiere und ließen diese um die Wette durch die Schächte flattern. TK

Thomas-Güte

auch -Verfahren, -Stahl, -Konverter, -Phosphat und -Roheisen. (→ Kade). TK

Tod im Bergbau

Die erste Kohleförderung auf Prosper begann 1863. Prosper befand sich jedoch nicht in Bottrop, sondern in der kleinen Gemeinde Gerschede. Diese gehörte damals zur Bürgermeisterei Borbeck, das 1915 zur Stadt Essen eingemeindet wurde. Im Zuge der Nordwanderung des Bergbaus setzte sich in den folgenden Jahrzehnten der Steinkohlenabbau auf Bottroper Gebiet fort. Von 1910 bis 1930 war die Zeche „Arenberg-Fortsetzung", ebenfalls auf Bottroper Gebiet, in Betrieb. Nach ihrer Stilllegung wurden ihre Schächte der Zeche Prosper III als Außenanlage zugewiesen. Ein anderes Bergwerk, das Verbundbergwerk „Jacobi-Franz Haniel", ging 1968 in die Ruhrkohle AG über und wurde 1974 mit dem Verbundbergwerk „Prosper-Haniel" zusammengeschlossen.
Bescherte der Steinkohlenabbau den Aktionären reichlich Gewinne, den Arbeitern ein leidliches Einkommen, aber auch einen starken Zuwachs an Bevölkerung in den Städten des Ruhrgebiets, wird ein Kapitel ausgeklammert oder nur marginal angesprochen: der Tod, den die Industrialisierung mit sich brachte. Die technischen Standards waren in den ersten Jahrzehnten des Steinkohlenbergbaus bei weitem nicht so entwickelt, wie sie heute - beim Schließen der letzten Zeche im Ruhrgebiet- vorhanden sind. Das hatte viele tragische Unglücksfälle wie Schlagwetterexplosionen, Grubenbrände oder Wassereinbrüche für die Berg-

leute zur Folge. In den 1860er Jahren forderte zudem eine Cholera-Epidemie unter der Bevölkerung zahlreiche Todesopfer.
Zu dem schwersten Grubenunglück auf Prosper zählt dieses, über das in der Essener Zeitung am Sonntag, den 9. September 1866, Nr. 211, Zweites Blatt, in nur wenigen Zeilen zu lesen ist:
„Essen: 8. Septbr.: Auf der Zeche Prosper in Gerschede, Bürgermeisterei Borbeck, ereignete sich gestern morgen gegen 6 Uhr ein erschütternder Unglücksfall. Während der Einfahrt von 14 Bergleuten riß das Seil und da der Fangapparat sich nicht bewährte, stürzten sämmtliche daran einfahrende Bergleute aus einer Höhe von etwa 800 Fuß1 in den 9 Fuß2 Wasser haltenden Sumpf des Schachtes, woraus sie als Leichen herauf geholt werden mussten. Unter den Verunglückten befanden sich viele Familienväter. Einer derselben hat 8 Kinder hinterlassen."
Abgesehen von diesem Unglück liessen bis 1969 weitere neunzehn Bergleute auf Prosper ihr Leben. So tragisch jedes einzelne Schicksal für den Betroffenen ausgegangen ist, es traf auch die Familie, für die in der Regel der Bergmann das Einkommen erarbeitet hat. Verglichen mit anderen Bergwerksunglücken im Ruhrgebiet hat es Bottrop relativ wenig getroffen. Erinnert sei hier nur an die Katastrophen, die einen besonders hohen Blutzoll auf folgenden Zechen gefordert haben (eine Auswahl):
1882: Pluto (Wanne-Eickel), 62 – 65 Tote
1893: Kaiserstuhl (Dortmund), 61 – 62 Tote
1898: Zollern (Dortmund-Bövinghausen), 43 – 46 Tote
1908: Radbod (Hamm/Westf,), 350 Tote
1912: Lothringen (Bochum-Gerthe), 112 – 115 Tote
1925: Stein auf Hardenberg (Dortmund-Eving), 131 – 136 Tote
Dorstfeld (Dortmund-Dorstfeld), 45 – 47 Tote
1940: Hansa (Dortmund-Huckarde), 52 Tote
1944: Hansa (Dortmund-Huckarde), 94 - 95 Tote
1946: Grimberg (Bergkamen), 402 – 409 Tote
1950: Dahlbusch (Gelsenkirchen-Rotthausen), 77 Tote
In Deutschland hat es in den vergangenen Jahrzehnten auf Grund technischer Entwicklungen und stets verbesserter Sicherheitsbestimmungen immer weniger tödliche Unfälle im Bergbau gegeben. Weltweit sieht es dagegen anders aus. Wo jene aus Profitgründen vernachlässigt werden, gibt es im Bergbau Jahr für Jahr zahlreiche Todesopfer.
1 800 Fuß sind ca. 244 Meter; 2 9 Fuß sind ca. 2,74 Meter MP

Tod
oder: Gibt es nicht ein noch günstigeres Angebot, eine Flatrate Sterben oder so?
Was tun im Todesfall? Entweder ist jemand soeben verstorben oder - wie bei uns - man plant für einen bevorstehenden Sterbefall. In jedem Fall gelten diese bundesweiten Bestattungsangebote:

Kristallbestattung – Die gute Alternative zur Diamantbestattung Komplettpreis!

Inkl. Überführung, Versorgung, Erledigung von Formalitäten, Sarg, Krematorium, Urne, Kristallbestattung, Friedhofsgebühren, Trauerfeier: unschlagbare 1.999 € inkl. MwSt.
Alternativ: Feuerbestattung zum Festpreis von 928 € oder
Almwiesen- oder Bergbachbestattung zu 1.360 € oder
Freiwald Bestattung für sage und schreibe 1.790 € oder
Seebestattung in der Nordsee für 1.099 € inkl. Reedereigebühren oder
Baumbestattung in der Eifel mit Angehörigen zu 1.655 € oder
Diamantbestattung Festpreis hochwertiges Designer-Collier für günstige 4.200 € oder
Erdbestattung mit Trauerfeier in NRW zum Festpreis von 2.489 € oder
Anonyme Bestattung auf deutschem Friedhof für unschlagbare 1.071 € oder
Anonyme Seebestattung in der Ostsee zum Komplettpreis von 1.064 €

So billig und so teuer sind wir noch nie unter die Erde gekommen.
Ich nehm schon mal die Feuerbestattung zum Festpreis und sterbe gleich, bevor die Preise steigen. Zwar nicht für mich, aber für die Hinterbliebenen.

Und gibts Mengenrabatt? Für die ganze Familie wie im Urlaub. Und ausserhalb der Saison? TK

Ton
1. Klang, z.B. von Schalmeien, Hämmern, hohler Kohle 2. feuchter, weicher, formbarer Rohstoff, der Erde entrissen, um Gefäße und menschenähnliche Figuren zu kneten, die auf der Arbeit schnell kaputtgehen und besser durch Leichtmetallgefäße (→ Henkelpott) ersetzt werden 3. der gute Ton unter Tage. Aus dem Knigge für Bergleute: „Es gibt typisches Berufsbenehmen. Das ist – so ehrbar auch der Beruf sei – immer ungünstig... Es sollten sich alle berufstätigen Menschen prüfen, ob sie nicht etwas an berufstypischem Benehmen an sich haben, das sie ablegen müssen." Kein kumpelhaftes Schulterklopfen im normalen Alltag, verbunden mit der Frage, ob Sie noch eins nehmen sollten, z.B. wenn ein Polizist Sie anhält und pusten läßt. Welcher Tanz sich unter Tage empfiehlt, ist schwer zu beantworten, denn es sind ja nur Herren anwesend. Fordern Sie höflich einen Steiger auf, mit Ihnen und ein paar Kameraden einen Rundtanz zu wagen. Seien Sie nicht beleidigt, wenn er Ihnen einen Korb gibt. Günstigere Gelegenheiten werden kommen, vielleicht einst sogar Damen. Ein Stampftanz auf der Stelle im Förderkorb heißt: Halten Sie den Rhythmus, aufwärts oder abwärts oder wenn Sie steckenbleiben. Gemeinsames Tanzen fördert die gute Stimmung, die Kameradschaft, die Sinne. Und hat nicht die Kapelle der Titanic bis zuletzt gespie. TK

Trabbel
S. informierte Harders, dass er mit einem riesigen Protestmarsch durch Dortmund rechnen dürfe. Der Boss nahm die Kündigungen zurück, drohte aber, den Bau des lange geplanten Blasstahlwerks abzublasen. Dabei hatte er sich damit

die Fusion mit dem holländischen Stahlkonzern Hoogovens erkauft. „Harders verspielt, was nur zu verspielen ist.“, schimpfte S., „Wenn das neue Stahlwerk nicht kommt, sind wir den Holländern komplett ausgeliefert!“ Klar war, dass dann nur noch halb soviel Stahl erzeugt und Stellen gekürzt würden, denn die veralteten Siemens-Martin-Öfen, mit denen man jetzt noch kochte, würden in wenigen Jahren stillgelegt.
Am 31. August 1973 nahm der gehasste Konzern-Boss unverhofft den Hut: Eben zurück von einem „Erholungsurlaub“ stürzte Harders just aus demselben Fenster seiner Schwerter Villa, durch das er den Streikenden 1969 mit der Pistole gedroht hatte. Die genauen Umstände konnten oder wollten nie geklärt werden.
Harders Nachfolger wurde Josef Fischer, vorher schon Vorstandsmitglied der Hoesch AG. Er blieb nur drei Jahre, wurde 1976 von Heinz Solbach ersetzt, kurz bevor die Stahlkrise losging, im Fahrwasser der Erdölkrise. IR

Tracht
nach dem Leben 1. Leichentuch (= Arbeitsklamotten) 2. Nacktheit (= Zustand zwischen Weiß- und Schwarzkaue) 3. die gute Kluft der Kumpel (= Sonntagsstaat) 4. Prügel für den, der sich nicht dran hält. TK

Trinken
schönfärbend für saufen, bechern, ein‘ hinter die Binde gießen, (→) zechen, süffeln, picheln, zwitschern, zischen, die Luft aus der Flasche lassen. Es gibt jetzt von einer Dortmunder Brauerei Kronkorken mit den Revierstädten drauf. Man kann sich ganz locker von Unna nach Oberhausen saufen, für jede Stadt, mit ein paar Abstechern nach Nord und Süd, eine Flasche. Man braucht etwa zehn Kästen. Und muss nicht mal seine Bude (→ Kiosk) (auch Wohnung) verlassen.TK

Trinkhalle
(→ Bude und Eckkneipe) pro Kopf gab es mal eine zehntel Trinkhalle. Das Verhältnis ist im Laufe der letzten Jahre schlechter geworden. Man muss in einigen Vierteln direkt auf die Suche gehen. Gibt es eigentlich schon eine Buden-App? TK

Türkisch – Deutsch
da? = Berg maden işçisi = Bergarbeiter madencilik = Bergbau madenci = Begmann kurtarmak = bergen
kaza = Unfall kaza bildirisi = Unfallanzeige kazadan sonra şoförün kaçmas = Unfallflucht
kazazede = Unfallopfer

Deutsch – Türkisch
Ali = mach TK

U

Überleben
Ab 1978 streikte S. nicht mehr für mehr Geld, sondern für die 35-Stunden-Woche. Die sollte die Arbeitsplätze sichern. Nicht nur bei Hoesch. „Direkt und indirekt sind in Dortmund 40.000 bis 50.000 Arbeitsplätze bedroht", las man in der Zeitschrift Arbeiterpolitik, „Dortmund ist der Konzernpolitik von Hoesch fast völlig ausgeliefert. Die Stadt müsste allein 12 bis 14 Mio. DM an Lohnsummensteuer einbüßen, während zugleich zusätzliche Belastungen von über 100 Mio. DM für Arbeitslosengeld, Sozial- und Mietbeihilfen auf die öffentlichen Haushalte zukämen."
Aber weder Appelle an die Verantwortung des Managements noch steuerliche Lockmittel konnten etwas ausrichten: Hoesch war runtergewirtschaftet, und die Stahlkrise auf ihrem Höhepunkt. Die EG-Kommission machte nun vom Krisenartikel 58 des Montanunionvertrags Gebrauch und schrieb den europäischen Stahlerzeugern Produktionsquoten vor. „Dafür investiert Thyssen jetzt in Brasilien, Krupp in Libyen und Hoesch in Saudi-Arabien! ", so S. in der Werkszeitung. „Der Billigstahl aus den Entwicklungsländern wird uns noch Kopf und Kragen kosten!"
„Stahlwerk jetzt!", forderten die Streikenden 1980, und es wurde ein Streik, der ganz Dortmund erfasste. 70.000 gingen auf die Straße. Aber es war genau der falsche Zeitpunkt, um auf Investitionen zu drängen. Hoesch steckte tief in den roten Zahlen. Rohwedder, der neue Generaldirektor, warnte, der Neubau könne „ein goldener Schuss" werden. SPD-Landes- und Kommunalpolitiker beugten sich seinem Sanierungsplan: Über 55-Jährige sollten in den vorzeitigen Ruhestand gehen und dadurch 4.000 Stellen eingespart werden. „Was ist ein Blasstahlwerk?", witzelte mancher Stahlarbeiter: „– Ein Stahlwerk, das vor der Wahl auf- und nach der Wahl abgeblasen wird." IR

Übertreibungen
schaden, zumindest wenn sie ungebremst geschehen, wenn also der Förderkorb über den obersten Anschlag hinaus in den Förderturm bis unter die Seilscheiben fährt. Also besser nicht zu Übertreibungen neigen. HUH

Ufo
Zeche Achenbach: Ein Star-Designer lässt ET landen und diskutiert mit ihm seine (→) Integration. UE

Unfall
Nicht das Gegenteil von (→) Fall. Bei der Ursache wird unterschieden zwischen technischem und menschlichem Versagen; meist und lieber nimmt man menschliches an, dann muss man die Maschinen nicht ändern, bzw. neu

programmieren und schuldig ist ein armes Schwein, das 15 Stunden lang am Lenkrad eines, nicht seines Lastwagens saß. TK

Unfallstatistik

Bei Großbauten rechnet man gern mit 1,5 Toten pro 1 Millionen Arbeitsstunden. Sind es weniger geworden nach Beendigung der Bauarbeiten, rechnet man es sich als Einhalten aller Sicherheitsvorkehrungen an und der Sicherheitsexperte erhält eine Gehaltserhöhung samt Urkunde. Wenn diese Statistik stimmt, müssten wir schon halb tot sein und alle Arbeitslosen lange leben. Warum Arbeitslose eine kürzere Lebenserwartung haben, daran wird gerade intensiv geforscht. TK

Unratgeber und andere hilfsarme Gegenständchen

Fußcreme gegen Nagelpilze
Ohrenwachsentfernungsspritze
Selbstverteidigung im Straßenkampf
Keine Arthrose im Knie nie mehr ein Krampf
Über die Heilkraft des Roten-Meeres-Salzes
Die Liebe ist der Supersieg des Schmalzes
Optimales Lesen – schneller mehr behalten
Mit Feng Shui ohne Gerümpel gestalten
Soforthilfe Depressionen und Beckenboden
Herrenminigurt zum Anheben der Hoden
Gesundheit und Superpotenz mit Penis Power
Sodbrennen nie mehr den Morgen sauer
Die 50 besten Blutzucker-Killer
Nutzen und Risiken von bittere Piller
Das Nachlass-Set mein letzter Willer
30 Minuten Arschlöcher zähmen
Achtung Zucker! 36 Zuckerfallen zählen
Wie bekomme ich einen Schwerbehindertenausweis
Darm mit Charme Beweis verdammt guter Scheiß
Teufelskralle Creme 2 tiefe Tiegel
Gesund mit Ingwer Johanniskraut Die Suppe heilt
Die Heilkraft des Bieres alles mit Siegel
Begehrenswert reich und sexy aufgestylt
Fehlt nur noch der Ratgeberratgeber
Wo find ich den richtigen für meine Leber
Ich meine in echt mein wirkliches Leben
Ein Bausatz rot 1:24 zum Zusammenkleben TK

Unsere Toten

Am 13. September d. J. verunglückte auf der Schachtanlage Rammelsberg unser Kamerad Steiger Wolfgang Silbertrost im Alter von 46 Jahren. Er starb an den Folgen eines Betriebsunfalls (Verschüttung durch hereinbrechende Gesteinsmassen) noch am gleichen Tage. Bergschulabsolvent Albert Achenbach, geb. am 9.4.1926 in Dortmund, tödlich verunglückt einen Tag nach seiner Verpflichtung als Aufsichtsperson im Alter von 28 Jahren durch Feuer untertage. SW

Untertägige Berufe, unvollständige Auswahl

Anschläger Bandreiniger Bedüser Besorger Fördermaschinist Fringser Grubenwehrer Hauer Heildiener Kauenwärter Knabbelbrecher Krätzer Markscheider Nöhler Ortsmann Pressenfahrer Prügler Püngel Ranklotzer Reviersteiger Rücker Rutschenbär Schachthauer Scheißkerl Schrämmförderer Schwachstromer Schwertrübescheider Setzer Spannmann Staubsteiger Telefoner Verblaser Verfüller Verhauer Verzieher Vorholer Walzenfahrer Weißkittel SW

Untertägige Gerätschaften, unvollständige Auswahl

Abbauhammer Abteufkübel Ankerstange Blitzbirne Bohrstange Brecher Bremsklotz Bunkersonde Dahlbuschbombe Dauerwühler Dieselkatze Druckluftleuchte Förderhaspel Gesteinsstaubsperre Göpel Granate Grubenlüfter Hammer Haspel Helix Hiobsschaft Hobelstreb Kerbmaschine Königswelle Kreiselwipper Löbbe-Hobel Lore Lutte Markscheideplatte Membranpumpe Mottek Mutterklötzchen Prismenhobel Reibstempel Reißleine Rödeldraht Rundeindicker Sackbohrer Schraubenschlüssel Schrägradscheider Schrämmaschine Schrapper Setzpistole Steigekatze Tatzelwurm Totmannschalter Tübbing Walzenschrämmaschine SW

V

Meines Vaters Hände
Sie sind rau und hart
Knorrig, mit blauen Narben übersät
Die viele Tonnen Kohlen in die Haut einritzten
Sie sind sanft und zart
Beruhigten meine Seele nie zu spät
Wenn tausend Tränen meine Augen nässten
Sie waren immer für mich da
und trennten uns auch noch so starke Wände
Sie sind und bleiben wunderbar
MEINES VATERS HÄNDE RB

Verdrehung
→ Drillung

Verhütung
Wird leicht verwechselt mit Verhüttung (→ Unfallverhüttung); selten im Pl. 1. eine Sache verhindern, vermeiden, Gefahr, Krankheit, Schaden, Emp- und Gefängnis. 2. Sachen unter einen Hut bringen. TK

Vertickt
Die Krupp-Hoesch-Fusion sollte Besserung bringen. Doch daraus wurde nichts. Fast drei Jahre dauerten die Gespräche, dann wandte Krupp sich Thyssen zu. Rohwedders Sanierungsplan kostete 11.000 Stellen. Hoesch wurde auf Weiterverarbeitung statt Stahlproduktion getrimmt.
Dann übernahm Neukirchen. Massenentlassungen drohten nicht nur. Sie waren gesetzt. Krupp und Hoesch überschnitten sich bei 70 Prozent ihrer Stahlerzeugnisse. Und Krupp-Chef Cromme machte spätestens mit der Schließung des Werks Duisburg-Rheinhausen klar, dass er – in den Worten von S. – eine „Drecksau“ war. Gemeinsam mit WestLB-Chef Neuber heckte er die feindliche Übernahme aus – die allererste in Deutschland – und kaufte heimlich 54,9 Prozent der Hoesch-Aktien. Nicht mal der Krupp-Vorstand wusste von seinem Plan. S. und seine Kumpel erfuhren es erst aus der Zeitung. IR

Viel
Falsch mit Vielfalschpinsel bunt übertüncht, damit man es nicht sieht. Aber wir sind eh fabelblind. In den 50er Jahren baute man immer einige bunte Glasbausteine ein, setzte farbige Mosaiksteinchen in die Mauern. Das machte den eintönig grauen Alltag lebhaft bunt. Spätere Architekten haben sich darüber scheckig gelacht und die Bauten abreißen lassen. Jetzt weiß man sie wieder zu schätzen.

Nur die Paternoster in den Verwaltungsgebäuden dieser Periode wurden durch Aufzüge ersetzt. TK

Vortrieb
Ein Trieb, der sich nicht unterdrücken lässt. Immerzu strebt er vorwärts. Tiefer. Immer tiefer. Auf der Strecke oder anderswo.
Auch wenn es nicht um Kohle geht. HUH

W

Was
war, das wird nicht mehr werden. HUH

Spülmaschinenfest
Fest, mit der ganzen Nachbarschaft gefeiert, als die erste Spülmaschine in der Siedlung in einer Küche installiert wurde. Alle standen eine Stunde davor und hörten dem Plätschern und Rauschen zu. Im ersten Monat gab es wöchentlich ein Fest; alle verglichen die Ergebnisse mit denen der Handspülung. Es wurde sogar fotografiert und gefilmt auf Super 8, das Öffnen und Beklatschen musste mehrfach wiederholt werden (→ Loriot „Ein Klavier! Ein Klavier!"). Die Werbung hat das später aufgegriffen und mit zwei spanischen Dörfern nachgespielt. (→ Waschmaschinenfest und Kohlenwaschmaschine). TK

Wer
nicht rauskommt, der bleibt drin. Vermisst! Gesucht! Verflucht! Letzte Suche. Letzte Versuche. Alle Bemühungen vergebens. Dann die Nachrichten: „Nach menschlichem Ermessen gab es keine Hoffnung mehr, die Verschütteten lebend zu bergen." Angeordnete Trauer. Flaggen auf Halbmast. Gebrochene Herzen. Gebrochener Verstand. Gebrochene Menschen.
Wie gesagt: Wer nicht rauskommt, der bleibt drin. HUH

Werbung
in der Zeitschrift Quick (→ Quick) vom 1. Februar 1973: Ingrid, aufblasbare Puppe, Luxusmodell 69 DM; klares Sinpro, klarer Kopf; der dicke Schab-Katalog bringt Freude ins Haus; jetzt für alle modernen Männer Sexanorma, 6fach wirksam; Galama, erholsamer Schlaf; dem Filter-Freund die Filter-Reval; Neckermann Eigenheime, Freiheit für Ihre Kinder; Racke rauchzart Whisky; an meine Haut lasse ich nur Wasser und CD; der Doppelstopper gegen Mundgeruch; blühende Gesundheit; das klassische Präparat zur Darmregulierung; NuNale, schöne Nägel in 2 Wochen; das ist das Geheimnis erfolgreicher Männer; diskreter Versand, Büsten-Salbe extra stark; der Wunschtraum jeder Frau; Geld-Versand per Post; überflüssige Pfunde verlieren; Varitan hilft gegen leichtes Jucken am After; Sexanorma; heißgeliebt und kalt getrunken, Kameraden, Kollegen, Gefährten, Cliquen, Clubs, Männer, Amigos, Väter und Söhne wollen Doornkaat.
Statistisch heißt das:
1 x Zahnpasta, Margarine, Kaffeeautomat, Hautcreme, Carocafé, Parfüm, Grippetabletten, Magenkapseln, Schlankheitsbrause, Garagen, Wohnwagen, Süßungsmittel, Zeitschriften, Kartoffeln, Urlaubsreisen, Fruchtsaft, Schuhe, Salatöl, Instantcafé, Faschingsartikel, Likör, Durchfalldragees, Schlafmittel, Bundeswehr, Haarwuchsmittel;

2 x Seife, Waschmittel, Autos, Eigenheim, Schnaps, Schokolade;
4 x Hämorrhoiden, Schmerztabletten, Zigaretten, Büstenformer;
5 x Vitamine;
6 x Potenzmittel und Sexartikel;
7 x Versandkataloge. Eigentlich ist alles gleich geblieben. Vielleicht fallen die Büstenformer fort, die Sexartikel weg. (→ B wie: Beate Uhse oder D wie: Du willst es doch auch, nicht oder unter G wie: Gehen wir nicht zu dir oder nicht zu mir). TK

Werk

und Wir – Themengebundene Jahresgaben der Hoesch AG an seine Mitarbeiter 1951? bis 1992?. Einige Beispiele: Uns bleibt das Staunen (1964), Der kühn die Elemente bändigt (1984) Wer? Wir! Wer, wenn nicht wir!! Schuld und Sühne - Krieg und Frieden – Leben und Schicksal - Geweb und Fels – Wer sind Wir? TK

Werk und Wir

in eine Suchmaschine gegeben; das Ergebnis nach kaum einer Sekunde: „Wir werden wie Hunde vom Hof gejagt“, sagt Ex-Betriebsratschef Gert Pfisterer ins Mikrofon. TK

Werkstudent

In Anlehnung an Werkzeug Ausdruck für Studenten, die vorübergehend und häufig unsachgemäß in Arbeitszusammenhängen eingesetzt werden. Die Qualität der Arbeit lässt daher häufig zu wünschen übrig. CH

Wetterscheider

Das ist die Belüftung der Schächte. Wie bei Dir auch: Frischwetter ist wie beim Atmen und Abwetter, wenn Du mal ein Koffer in die Ecke stellst, weil Du zu viel Kohl gegessen hast. Die Erbauer waren sozusagen die Lungenärzte und Proktologen des Bergbaus. UE

Wissensmatrix

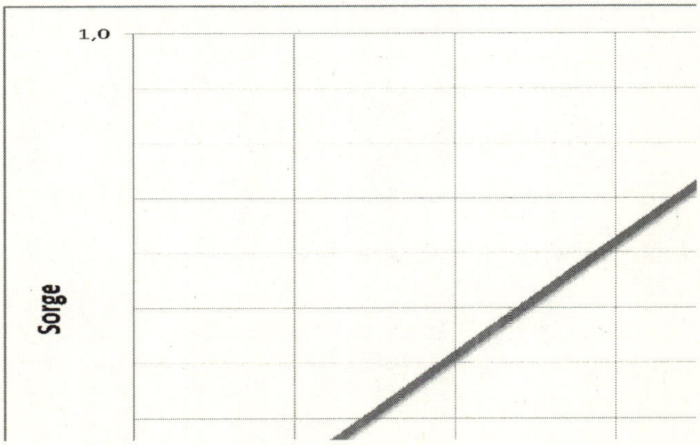

nach Ende des Bergbaus im Ruhrgebiet
Der Bergbau ist mit Ablauf des Jahres 2018 durch die Schließung der Zeche Prosper Haniel Geschichte. Was bleibt ist Risiko und Wissen. Auch das Wissen darum, dass wir nicht genügend wissen. Damit bleibt die Sorge, dass eines Tages, ganz plötzlich, etwas geschehen wird....
Ganz sicher. HUH

Wörter
Der Deutsche Wörterdienst warnt vor herumfliegenden Silben, abbrechenden Sätzen und zurückgebauten Büchern. TK

X

X für U
1. schlechter Tausch, weil wenige Wörter mit X beginnen, im Vergleich zu U. 2. Museum Ostwall im Dortmunder X, Xmbax eines Lagertxrms für Bier zx einem Mxsexm, wo keine Kxltxr gekeltert werden kann, wo niu is. TK

X-mal schon erklärt
Kurzum

Des Bergmanns Kittel
Ist eine Liebeserklärung
Mit einer langen Tradition

Ist Sehnsucht
Und Vermächtnis zugleich

Des Bergmanns Kittel
Ist Heimat und Exil
Für jedes Bergmanns Herz TT

Xtes Mal
So oft, ungezählt oft, sind wir zur Arbeit gegangen, haben uns gezwungen, mit Freude zur Arbeit zu gehen; ein Mal mehr sind wir nicht zur Arbeit gegangen, mit Freude und gezwungenermaßen. Mit mehr Freude sind wir zur Arbeit gegangen als nicht zur Arbeit gegangen. Auch wenn wir nicht gern gearbeitet haben, der Weg dorthin war ganz schön. Der Weg nicht dorthin ist grässlich. Und der Weg zurück unmöglich. TK

Y

YEAH!!
Yara International ASA
meldet deutlich niedrigeren Gewinn für Q2

YEAH!

Yanzhou Coal Mining Company Ltd
steigt ins Kaligeschäft ein

YEAH!

Yellowhead Minig Inc.
has no revenue from operations

HÄ?!?!

Because results can fluctuate
significantly from period to period

YEAH!

Yamana Gold Inc.
meldet: Die Tendenz ist ab jetzt klar

YEAH!

Yorbeau Resources Inc.
has a new director on board
a Bachelor of Commerce

YEAH!! TT

Z

Zähne
zeigen und vorher reinigen: die besten Methoden mit Bürste und Zahnseide, damit sich kein Kohlenstaub und keine Splitter von Knöchelchen in den Zwischenräumen festsetzen. TK

Zech, bei der
krummschnabel frech ... tummelt sich weidlich bei der zech (Vogelhochzeit) (Achim von Arnim, in: Jacob und Wilhelm Grimm, Deutsches Wörterbuch, Leipzig 1854-1961). SW

Zechen
Lass uns mal einen zechen gehen, und dann sieht die Welt schon ganz anders aus. Aber sowas von! DG

Zechenstraße
Links aus dem Haus, am Garagenhof pölende Kinder. Omma Gerti, zahnlos und grau, die auf ein Kissen gestützt aus dem Fenster zuschaut und ihnen Klümpken zuwirft. Geradeaus. Schwarz-dreckige Fassaden als Wegweiser für Püttarbeiter und deren Söhne. Schippende, schwitzende Frauen, die eine halbe Tonne Koks erst in den Keller, dann in den Ofen und zuletzt in den Ascheimer schaufeln. Ein kohleschwarzes Rumpeln bei denen, die sich das Einkellern per Rutsche leisten können. Links vorbei an Wäscheleinen mit Grubensocken und im Wind flatternden Halstüchern. Vor der Bude biertrinkende Schicht-Schacht-Arbeiter verschiedener Nationen, aber gleicher staubiger Hautfarbe. Augen, die an Dunkelheit gewöhnt, sich bei jedem Schluck vor Sonne und Himmel verschließen.
Ich gehe hin, zupfe am Hemd: „Komm heim, Papa." PM

Zechensterben
Statistik: Steinkohlebergwerke 1957: 173, 2019:0. Förderung bis Ende 2018 im Bergwerk Ibbenbüren und im Bergwerk Prosper-Haniel. R.I.P. SW

Zeche zahlen (Pet Shop Boys: Rent, 1987, frei übersetzt)
Sieh dir meine Hoffnungen an und sieh meine Träume
Sie waren der Preis, den wir gezahlt haben
Ich liebe dich, du zahlst meine Zeche
Ich liebe dich, du zahlst meine Zeche SW

Zettel oder letzter Zettel oder Zettels Traum
Ein ausländisch aussehender Mann, unbestimmten Alters und unrasiert, kommt

auf mich zu, sagt etwas in einer Sprache, die ich nicht verstehe. Ich bemerke, dass ihm Zähne fehlen. Laut gebe ich ihm zu verstehen, dass ich ihn nicht verstehe. Er kramt in seinen Taschen, holt einen zerknüllten Zettel heraus, versucht vergeblich, ihn zu glätten, mehrfach zwischen Daumen, Zeige- und Ringfinger die Falten und Knitter glatter zu kriegen. Dann reicht er mir den Zettel. Mit Vorsicht und leichtem Abscheu greife ich danach und lese aus dem Bleistiftgekritzel „Barbaraheim" heraus. Ach, jetzt weiß ich, wohin er will. Ich zeige mit der rechten Hand auf das düstere Backsteingebäude, gleich gegenüber dem Haus, in dem ich mit Eltern und Bruder wohne. Da, sage ich mehrmals und immer lauter werdend, Barbaraheim, da. Ich gebe ihm den Zettel zurück, den er zu einer Kugel rollt und in die Hosentasche steckt. Er lächelt, das verstehe ich, überquert die Straße und geht humpelnd mit einem Pappkoffer in der Hand die paar Meter zum zurückgesetzten Eingang, in den wir Kinder uns nie trauen. Wir wissen, dass dort Ausländer untergebracht sind. Morgens holt ein Bus die müden Gestalten ab. Nachmittags kommen sie noch müder zurück und schleppen sich ins Heim. Am Nachmittag schleiche ich mich zum Eingang. Dort finde ich das Papierkügelchen und hebe es auf. Den Mann habe ich nie wiedergesehen, selbst wenn ich bedenke, dass sie für uns alle gleich aussehen. TK

Ziel
Vereinbarung, meist freiwillige genannt, zwischen Vorgesetzten und Mitarbeitern, jedes Jahr mehr zu arbeiten, mehr zu erreichen als im Vorjahr, auch wenn das Ergebnis ausgezeichnet gewesen ist, wie zu viel, wie zu viel Einbahrung. Fotokopiert und in Folie eingeschweißt, hängt die Zielvereinbarung an jedem Arbeitsplatz, wie früher der Führer, wie woanders der Präsident, die allerdings im Rahmen. Schnell abgehängt, wenn sich Vorstand, Regierung oder Chef ändern

TK

Zollverein
Einst Zeche, heute Eventlocation
Früher Arbeiterdenkmal, heutzutage Industriedenkmal
Vorher Kohlenwäsche, nachher Schwimmbad
In den besten Jahren den Job vererbt, jetzt der Welt vererbt (und der UNESCO)

UE

Zu
1. Satzstoffe. Eine Liste der in der (→) Luft und im Boden und im Magen und im Menschen befindlichen Zusatzstoffe und Gifte liegt aus und kann auf Nachfragen eingesehen werden. 2. Hause, Ackerstrasse, Wanne-Eickel Holsterhausen, vor unserer Sozialwohnung mit qualmender Ölheizung ein Aschenplatz, wacklige Platten zum Hauseingang – die Tür noch gräulich gescheuert vom Samstagsputz – eine Birke, meist kahl, darunter die Mülltonne, aus grauem Metall, der Straßenteer selbst nach Regen stumpf, wir atmeten rußige Luft, die Kleinteile schneuzten wir in die Stofftaschentücher, und der Himmel war ein altes, heruntergekommenes Dach mit Schwachstellen, durch die man Sterne sah, mit Rissen und Lücken, alles war in einem einheitlichen Grau angestrichen, Glühbirnen verbreiteten Dämmer, die Grashalme wucherten wie Anthrazit, wir hatten

keine Angst vorm Schwarzen Mann, selbst wenn er kam, liefen wir in grauer Unterwäsche davon, die einzigen Farben strahlten aus den drei Glasbausteinen in Hausflur, gelb, rot, blau, und leuchteten golden, silbern, grünmetallic auf den Flaschen des Milchbauern, ich öffne eine und wickle das glänzende Aluminium um meinen kleinen Finger, schlucke die kühle Buttermilch, der Himmel strahlt rot vom Abstich. TK

Zwang
1. der Zwang zur Veränderung, um sich anzupassen und zu überleben, weil sich die Umstände geändert haben (→ Strukturwandel); ob das innerhalb einer halben oder ganzen Generation möglich ist, erscheint fraglich; bei Versuchstieren wie Mäusen und Ratten wurde es schon in wiederholten Experimenten beobachtet; bei Menschen blieben viele Probanden auf der Strecke; z, B. konnten elf über fünfzigjährige Bierbrauer nicht zu Informatikern umgeschult werden, obwohl die Maßnahme zwölf Monate dauerte; dann wanderten sie wieder in die Arbeitslosenstatistik; viele Bergleute hatten mehr Glück, da sie frühverrentet wurden; man sieht diesen Typ jetzt schon vormittags in (→) Schrebergärten herumstrolchen; die Manager, wurde vielfach beobachtet, sind anpassungsfähiger und finden schneller eine neue Stelle. 2. Zwangsarbeiter, im Krieg verschleppte Soldaten oder Zivilisten, die sich unter menschenunwürdigen Zuständen in den sogenannten kriegswichtigen Fabriken und in der Landwirtschaft zu Tode schuften mussten; nur wenige Verantwortliche wurden angeklagt und verurteilt; auch die Fabriken im Ruhrrevier profitierten von dieser Zwangsarbeit, die erst nach Jahrzehnten auf öffentlichen Druck hin aufgearbeitet wurde; in den Firmen- und Familiengeschichten lange und gern verschwiegen. TK

ZWAR: Zwischen Arbeit und Ruhestand
Ein echt Sechzigertraum
eines falschen Fuffzigers

Mit sechzig - nein das ist kein Alter
da giltst du nicht einmal als Alter.

Mit sechzig mache ich den Arm lang
am Karriereleiter - Anfang.

Mit sechzig greift mit Gipfelblick
so mancher nach der Politik.

Mit sechzig kann ich gut beweisen
gehör ich nicht zum alten Eisen.

Mit sechzig bin ich besser Chef
als schlaffer Schaffer im Geschäft.

Mit sechzig will ich jene schlauchen
die bald verbraucht die Rente brauchen.

Mit sechzig geh ich leicht auf achtzig
da ächz ich prächtig fecht aufs Dach mich

Und werde mir ein Leben sparen
als Hindernis auch euch umfahren

Nicht mal die gut tun um mich scharen
und mich vor Gott und Tod verwahren

Mich rein platonisch mit mir paaren
bis WIR zu eitler Größe garen.

Dann steig ich aus erleichtert schlank
in höchster Höh bei leerem Tank.

Da wach ich auf - doch Gottseidank
mit Oberbett: Ich bin nur krank. JD

ZZ

1. Ceti-Sterne, sehr schwache weiße Zwerge mit kurzperiod. Helligkeitsschwankungen. 2. Abkürz. für Zeitzeug, auch Zeitzeuge, Zeitzeugin, Zeitzunge. TK

Die AutorInnen

Reinhard Bottländer
wohnhaft in Castrop-Rauxel. Geboren 1948 in Bochum. Volksschule, Handwerkslehre, Polizeidienst, Wechsel in den Kriminaldienst, Fachabitur, Studium zum Dipl.-Verwaltungswirt, Kriminalhauptkommissar. Kinder- und Jugendbuchautor, Autor von Kriminalromanen und Erzählungen. Achtzehn Bücher, Geschichten für den Hörfunk und Anthologiebeiträge.
Letzte Veröffentlichung: Mach's gut, Andy (Jugendroman)

Karin Bottländer
wohnhaft in Castrop-Rauxel. Geboren 1950 in Castrop-Rauxel. Volksschule, Büroangestellte, Fachoberschulreife, Wechsel zur Bankangestellten. Freiberufliche journalistische Arbeit bei Lokalzeitungen, Autorin der Schriftstellerporträts „Sie schreiben im Pott“ für die Kulturzeitschrift „Magazin R“, Rezensionen für „Das gute Jugendbuch“. Mitautorin bei zwei Tierbüchern (mit Reinhard Bottländer).
Letzte Veröffentlichung: Massimo, eine Pferdegeschichte und Massimo – Turbulente Zeiten (Romane)

Josef Damberg
geboren 1940 in Hamm-Westtünnen, lebt in Dortmund. Pensionierter Lehrer, Mitautor am Hörde-Roman: Treffpunkt Schlanke Mathilde 2013

Eva von der Dunk
geboren 1957, lebt in Nordkirchen. Veröffentlicht seit 1990, zuletzt in:
All over Heimat, Anthologie, Hrsg. M. Engels, T. Kade,T. Trelenberg, Lehrensteinsfeld 2019 und »Poesiealbum neu: Steinbrech. Gedichte zu Pflanzen«, Zeitschrift der Gesellschaft für zeitgenössische Lyrik e.V., Hrsg. R. Grüneberger, Edition kunst & dichtung Leipzig, 2/2017.

Matthias Engels
geboren 1975 in Goch am Niederrhein, lebt im westfälischen Steinfurt. Gelernter Sortimentsbuchhändler, Herausgeber und Referent für Literatur. Zuletzt erschienen: Die heiklen Passagen der wundersamen Herren Wilde & Hamsun, Roman (2015) und Trakl-Translations, Lyrik (2017). Mitglied im Verband deutscher Schriftstellerinnen und Schriftsteller und LiteraturRaumDortmundRuhr.

Cornelia Ertmer
geboren 1953 in Recklinghausen, Lehramtsstudium der Germanistik und Romanistik. Lehrerin an einem Gymnasium und einer Gesamtschule in Ostwestfalen bis zur Pensionierung 2015. Wohnhaft in Dortmund. Letzte Veröffentlichung: Der Geschmack von Lebertran, ocm-verlag Dortmund 2018. Cornelia Ertmer ist Mitglied des Vereins LiteraturRaumDortmundRuhr und bei ver.di

Udo Etterich
geboren 1964 in Essen. Lebt seit 2003 in Dortmund und ist alleinerziehender Vater von drei Kindern. Letzte Veröffentlichung: Glücksorte in Dortmund, Droste Verlag 2018, Auf dem Scherbenhaufen der Politik 2017

Peter Gallus
geb.1952 in Reken. Diplom Ingenieur. Letzte Veröffentlichung:
Die Heiligen von Kakesbeck

Daniela Gerlach
geboren 1962 in Dortmund. Lebt als Autorin in Dortmund und in Spanien. Letzte Veröffentlichungen: Was das Meer nicht will (2015 Verlag Stories & Friends), Anthologie All over Heimat (2019 Verlag Stories & Friends)

Heinrich Theodor Grütter
geboren 1957 in Gelsenkirchen, Direktor des Ruhr Museums und Vorstand der Stiftung Zollverein, apl. Professor für Geschichte an der Universität Duisburg-Essen, letzte Publikation: Zeiträume Ruhr. Erinnerungsorte des Ruhrgebietes, Essen 2019 (Mitherausgeber).

Uwe Hellner
geboren 1961 in Hagen/Westfalen. Lebt in Schwerte/Ruhr.
Redakteur beim WDR Dortmund. Letzte Veröffentlichung: "Wortlos - ein Mini-Thriller", Verlag GOL, 2018

Hans-Ulrich Heuser
geboren in Iserlohn-Letmathe. Lebt heute in Hagen/Westfalen. Autor, Surrealist, Fantast. Schreibt Gedichte, Erzählungen, Dialoge. Beiträge in Anthologien (z. B. Schlafende Hunde VI, all over Heimat) Mitglied im Verband deutscher Schriftsteller*innen (VS)
Bewohner des LiteraturRaumDortmundRuhr, Besucher des Autorenstammtisches Dortmund
Mitglied im Westfälischen Literaturbüro in Unna e. V. https://hansulrichheuser.wordpress.com

Claudia Hummelsheim
geboren 1961 in Göttingen. Förderlehrerin, Moderatorin,
lebt und arbeitet in Dortmund. Letzte Veröffentlichung in: Vernetze _ zwölf, Deutschsprachige Lyrik der Gegenwart, Axel Kutsch (HG)Verlag Ralf Liebe, Weilerswist 2019

Thomas Kade,
geboren 1955 in Halle (DDR), Kulturpädagoge und Autor, lebt in Dortmund. Mitherausgeber von „all over Heimat“

Anne-Kathrin Koppetsch
geboren 1963 in Werdohl. Lebt in Dortmund. Evangelische Pfarrerin. Letzte Veröffentlichung: Tod im Stahlwerk, emons Köln 2015

Josef Krug
geboren 1950 in Bad Brückenau. Sozialwissenschaftler, arbeitete u.a. als Lehrer für Auszubildende des Bergbaus und als Mitarbeiter einer interkulturellen Begegnungsstätte, wohnt in Dortmund, letzte Veröffentlichung: „Schwierige Nähe. Über Siegfried Mrotzek, Autor und Übersetzer“ (2018).

Bianca Lorenz
geboren 1960 in Dortmund. Lebt als Autorin in Dortmund. Letzte Veröffentlichung „Glücksorte in Dortmund“, Droste Verlag 2018.

Patricia Malcher
geboren 1970 in Recklinghausen, lebt in Lüdinghausen.
Seminarausbilderin am Zentrum für schulpraktische Lehrerausbildung
Letzte Veröffentlichung in: Alltag im Wort, Schütze, Engler und Weber Verlag, Dresden 2019

Helmut Martens,
geboren 1948, wohnt in Dortmund, Sozialwissenschaftler und freier Publizist. Letzte Veröffentlichung: Vor der „Rückkehr der Zukunft“, oder konfrontiert mit finsterer werdenden Zeiten? – wissenschaftliche, philosophische, literarisch (ver)dichtende Perspektiven angesichts der Krise der Politik, in: M. Rahlwes u.a. (2019): Radikale Philosophie und Kritik der Politik, Münster.

Manfred Pankratz M.A.
geboren 1948 in Castrop-Rauxel. Lebt in Dortmund.
Bibliograph. Letzte Buchveröffentlichung: Mikrofilmarchiv der deutschsprachen Presse
- 12. Bestandsverzeichnis, Vistas-Verlag

Isabelle Reiff
geboren 1968 in Bremen. Freie Journalistin und Texterin, wohnt in Dortmund. Zuletzt veröffentlicht: Lanzarote – auf den Spuren César Manriques: Kleiner Kunstreiseführer. Reif(f) für die Insel, 2018, Dortmund

Ernst Schreckenberg
geboren 1947 in Augsburg, ehemaliger Leiter des Kommunalen Kinos Dortmund, lebt in Paderborn.“Schlaflos in Tokio – Anmerkungen zu 'Lost in Translation'“. Im Rahmen der Buchreihe „Im Dialog – Psychoanalyse und Filmtheorie“, Gießen, 2019.

Thorsten Trelenberg
Flusspoet & Lyriker, lebt als mehr oder weniger freier Schriftsteller in der Dorfstadt Schwerte, auch bekannt als Das Tal der Ahnungslosen des Ruhrgebiets, wo er weder Land, noch eine Quelle besitzt. www.thorsten-trelenberg.de

Fabian Trelle
geboren 1976 in Bochum-Langendreer. Wohnt in Bochum als Gewerkschaftssekretär/ ver.di.

Sascha Wundes
geboren 1971 in Solingen, wohnt in Dortmund. Ethnologe, Journalist, Referent zum Thema Radio und Feature für Kinder und Jugendliche. Letzte Veröffentlichung: Radiofeature Digital Junkies, WDR 2018, Anthologien All over Heimat, Nachdenken über 4.0.

Sehr geehrte Leser*innen,

beim Start unseres Projektes Die Zeche zahlen wurden die eingereichten Texte zunächst als Lose-Blatt-Sammlung zusammengeführt. Um diesen Charakter auch in dem Ihnen vorliegenden Buch Rechnung zu tragen, haben wir bewusst die von den einzelnen Autor*innen bevorzugte Art der Rechtschreibung und Grammatik beibehalten.